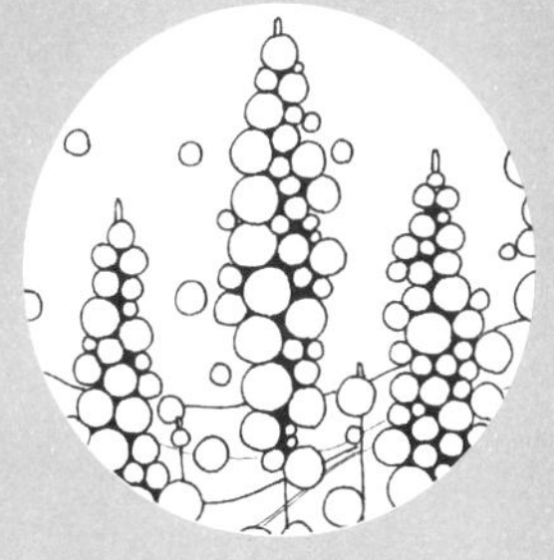

天真人类

一本根本无法归类的故事集

韩今谅 著

北京联合出版公司
Beijing United Publishing Co.,Ltd.

图书在版编目（CIP）数据

天真人类 / 韩今谅著. — 北京 : 北京联合出版公司, 2016.9

ISBN 978-7-5502-8454-8

Ⅰ. ①天… Ⅱ. ①韩… Ⅲ. ①故事—作品集—中国—当代 Ⅳ. ①I247.81

中国版本图书馆CIP数据核字（2016）第212299号

天真人类

作　　者：韩今谅
责任编辑：崔保华
产品经理：梅　子
特约编辑：黄川川　梅　子
营销支持：王筱雅　梁　爽　车嘉宁

北京联合出版公司出版
（北京市西城区德外大街83号楼9层　100088）
北京联合天畅发行公司发行
北京山华苑印刷有限责任公司印刷　新华书店经销
字数：130千字　880mm × 1230mm　1/32　印张：9
2016年11月第1版　2016年11月第1次印刷
ISBN 978-7-5502-8454-8
定价：38.00元

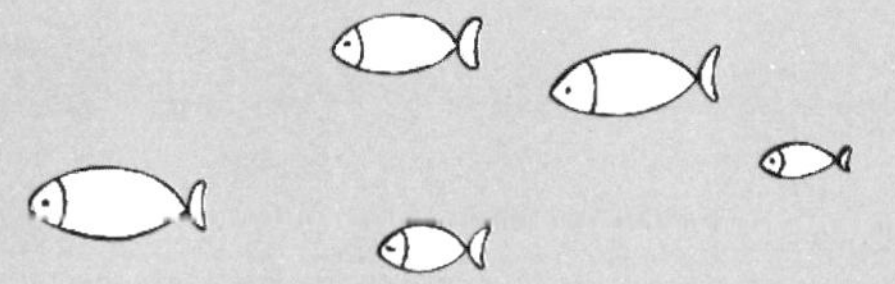

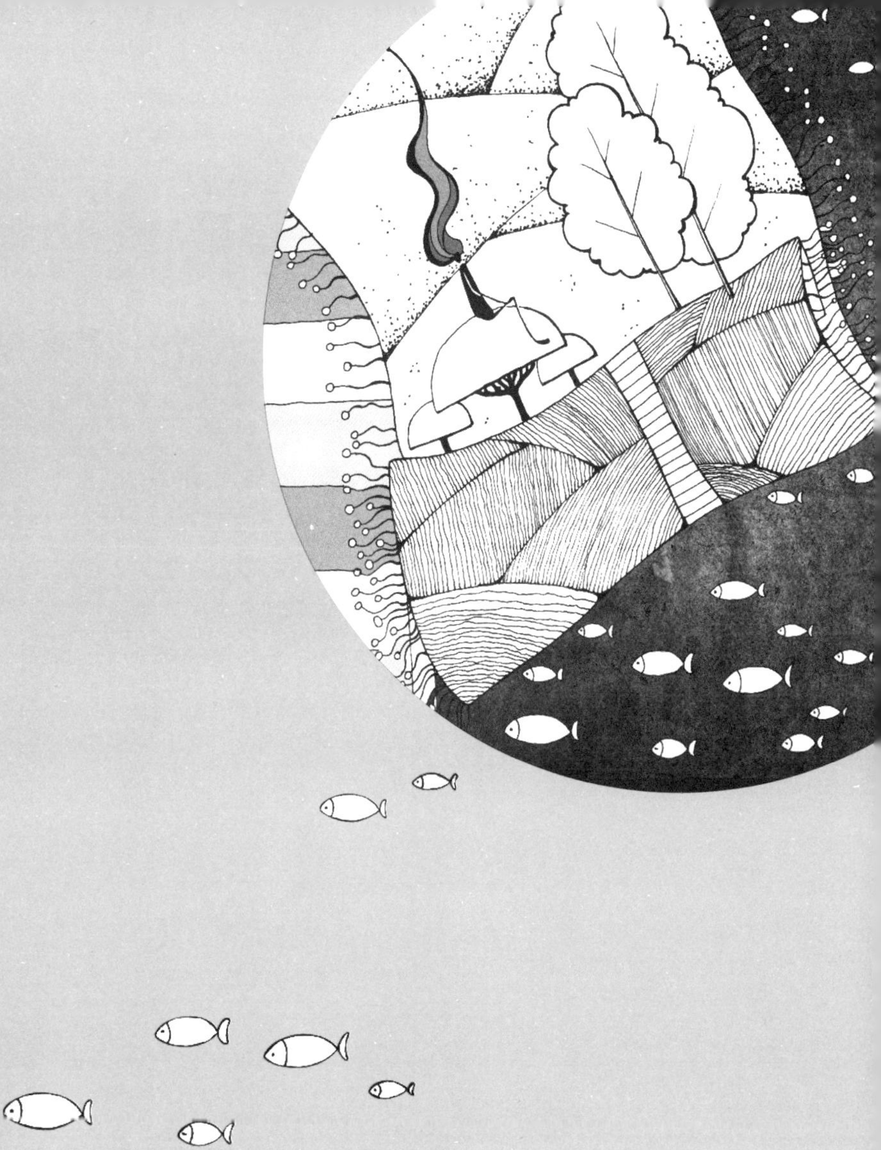

如果海上没有灯塔，请来我这里停靠。

小提琴有小提琴形状的盒子，

而我有你。

想和你玩捉迷藏，可是你一唤我的名字我就忍不住答应。

亚马逊雨林的每一只蝴蝶都小心翼翼，

你还是会在我心里掀起飓风，没有来由。

人不可能有那么多眼泪，流不出来，可就难受了。

谁都有踩到屎的时候，而你就是我最不舍得甩掉的那一坨。

众生皆苦，不如你我互相渡一渡。

在不期而遇的故事里，

找到似曾相识的人。

目　录
contents

Chapter 1　欲辨忘言

◆滕冲继续说："我把胶带给她的时候她抬头了，黑黑小小的一个人，眼睛圆圆的，像是大雾里马的眼睛，小雨里牛的眼睛，河岸边狗的眼睛，再转上一转就会滴出泪来。我心说，这个人说什么我能拒绝呢？说什么我都不能。"

◆男人真是低等啊，这样就爱了。

Chapter 2　遍插茱萸

◆王一科的耳朵和胳膊都麻了，警笛四下响起。可他并不想走，只想确定忆慈有没有听到他答应过她的鞭炮，他徒劳地大喊着忆慈的名字，告诉她刚才听到的就是鞭炮，告诉她爸爸在这儿。他知道这下要惹麻烦了，那又怎么样呢，这之后，他只是她人生中一个可有可无的阶段，不再是父亲和榜样。

Chapter 3 我即远方

◆我替他高兴，他找了个有主意的姑娘。或许他的人生再遇到困难，可以不用四处求助了。

◆然而大海说："小岛老师，俺能有今天，都是靠你指点。一步一步，都是你教的。你别不承认。"

◆我怎么会不认呢？如果一件事之于你是有意义的，就算它对我来说没有意义，也会是一件了不起的事。

Chapter 4 镜中人

◆其实李奈不是为了演出紧张，她租了一辆破旧的黑捷达，找出遮阳帽和墨镜，准备明天白天就去会会董晴。她太明白"好上加好"的意思了，要赢，就别险胜一筹，相比配角，B 组的主角她更不想演。

◆李奈，毕业于一个明星辈出的学校，今天却成了狗仔，端着一台有她小臂长的单反，蹲守男友的妻子。

你如此美好，

像少年的春梦，

负心人的谎。

——君达乐的慢先生

1

CHAPTER

欲辨忘言

◇滕冲继续说："我把胶带给她的时候她抬头了，黑黑小小的一个人，眼睛圆圆的，像是大雾里马的眼睛，小雨里牛的眼睛，河岸边狗的眼睛，再转上一转就会滴出泪来。我心说，这个人说什么我能拒绝呢？说什么我都不能。"

◇男人真是低等啊，这样就爱了。

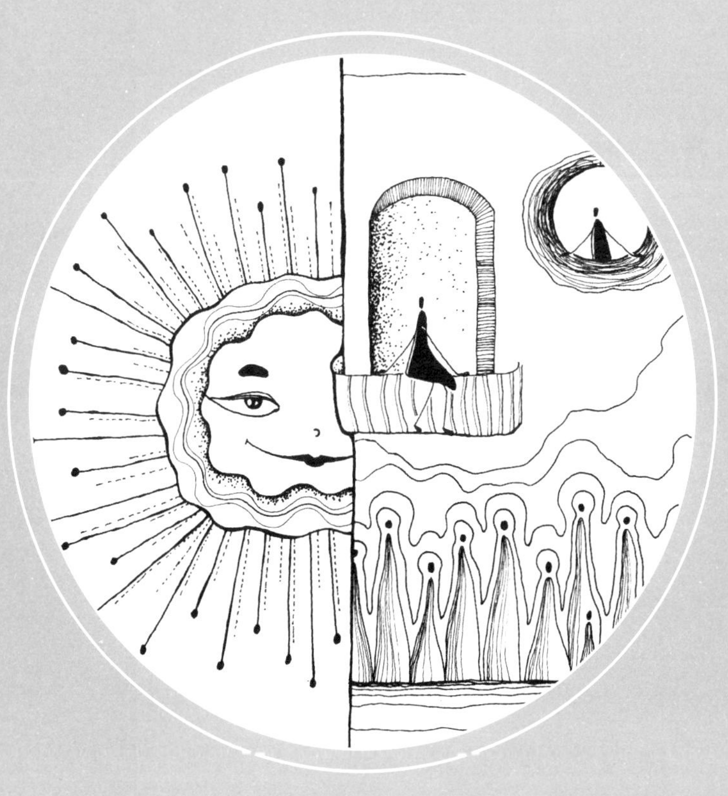

看云时很近

电视里的女人在祝“所有人心想事成”，可是世界的问题不就是每个人想的不一样吗？我盼着你死，你却希望长命百岁，按谁的算好呢？祝所有人心想事成，和祝世界大乱，没有什么区别。

◆

滕冲这个人真是太可笑了。

窦姨说他认死理，我说他活得不赶趟儿。女孩们喜欢学习委员的时候，他练块儿练得像个 3D 史莱克；等同龄女性开始对着肌肉男眼放贼光，他已经长得一本正经。如今只看上半身他就是一个行走的免冠证件照，如果字典上“商务精英”四个字需要配图，直接用他的脸也极为妥当。

滕冲不是那种作死的人，只是命犯拧巴。小学四年级起，滕冲就开始间歇性发誓，再碰上什么糗事也不告诉我了，免得被我祸祸得沸反盈天。“晚上跟你讲点什么事儿，第二天天上飞的地上跑的水里游的草窠里蹦的都知道了。”但他又忍不住找人商量：撞见温文尔雅的班主任为了一毛钱跟菜贩子撕巴到地上，会不会遭遇灭口？摸黑下楼正赶上小蓝爹跟小红娘躲在几摞蜂窝煤后头摸大腿，以后还要不要跟他们打招呼？要不要通知小蓝和小红把离婚了跟爸爸还是跟妈妈的重要决策提上日程？

于是一个又一个馊主意打我这儿贡献出来，我说得面不改色，滕冲听得将信将疑，直到他妈忍不住笑，拧过他的头：“你别听莫河胡说，她又逗你呢。”其实不用我出馊主意，他也能准确地做出最烂的选择。

◆

滕冲妈妈爱笑，可能是在婚介所工作养成了习惯，不管开不开口，圆脸上都先团开一朵子喜气。我管她叫窦姨。认识他们的时候，滕冲的爸爸已经去世了，到底是什么病他讲了好几遍我也没听懂，只知道不遗传，也就不试图弄清楚了。窦姨不像滕冲那样提起爸爸就难过，相反还经常拿死人打镲，想起来就说一个他年轻时的糗事。刚开始我不好意思乐，后来熟了，就跟着哈哈哈。“过去他总不让我说，现在管不着我了吧。”她有点得意，好像只是赢了老公一把牌，而不是被剩在这人世上。

窦姨会把婚介所的客户资料拿回来整理，纸本手写，尺子划杠，誊抄得整整齐齐，看谁能配上谁，有时候会用胳膊肘杵杵滕冲：“哎，你看这个当你后爹怎么样？”滕冲刚开始怒发冲冠，后来就随便瞥一眼应承两句：“鼻子太大了吧！这家也是个小子，俩男孩你不嫌闹得慌？”“这个条件太好，人家看不上你。”反正无论怎么说，都不会有什么下文。

群众征婚似乎有一个独立的语系，我经常撇了旁的书，看征婚词看到入迷。如果再找到个把熟人，那简直跟过节似的。家境优渥离异无孩，体健貌端一米七八，丧偶无负担，肤白显年轻，你诚实幽默，我家务娴熟，你短婚未育，他身残志坚，人人都得找个对象。哪有什么一个是阆苑仙葩，一个是美玉无瑕，人把自己从里到外扒翻一个遍，得意处成了高高挑起的一个灯笼，难堪的便成了苹果身下标签贴住的疤。我想象人在写这二十几个字的时候，端详着自己的时候，是看透了自己，还是更加茫然？在滕冲买游戏机之前，这几乎是我来他家最大的动力。

窦姨端着两瓶开了盖的冰橘子汽水进来，咚咚两声，一边一瓶。有时候没等瓶子落桌上我就抄起来仰脖喝尽，有时候瓶子上汗都满了，水流一桌子，冰橘子汽水变成了温橘子汤，我们还是没从游戏上抬头。窦姨通常什么都不说，把瓶子收走了事。要是我妈，估计要骂到我看见汽水就吐为止。

◆

有一天滕冲连输了四局也没恼，像是情绪不高。“你上次说的那个诗……”他张了半天嘴才继续问，“就是你看我时很远，看云时很近，一会儿很远一会儿很近一会儿很远一会儿很近的，怎么说来着？”他眼睛没离开屏幕，双手在身前把着手柄，边说边伸缩手臂不停比画着远和近，动作看上去和诗意没有一毛钱关系，倒像个语言不通的嫖客。我笑得扔了手柄瘫在地上，滕冲不乐意了："太猥琐了你！你一个女孩子家，怎么知道这个？"

"我不光知道这个，还知道你想和南南这个呢！"

滕冲赶紧撇清："你才想和她这个呢！"

◇

南南是春天转来的，自我介绍时在黑板上写的名字，浅得认不出。班主任给她指了座位，这位新同学就融进清一色的旧同学里。而邻班转来的芭蕾舞女孩，从一进班就像水珠子掉进油锅一样，足足炸了半学期。

没几天体育课上滕冲走过来推我："你去跟她说说话。"

见我装没听见，他又推我："你们都一堆堆儿地凑一块儿，把人新同学撂那儿像话吗？总得体现我们是一友好的班集体吧！"

"凭什么我去！"

"体育课听体委的。"

"凭什么让我一人儿去？"

"都去跟茬架似的，再给她吓趴下。"

"凭什么你不去？"

“我男的，不方便。”

我被推到了南南面前，她坐在跑道外沿，拆了刚系好的鞋带又要系，“南南，体委找你谈话。”我见她抬头，大喊了一句扭头就跑。瞬间所有人都听见了，顺着我的声音看看滕冲又看看南南，又看看滕冲。

南南赶紧站起来，等着体委指示。滕冲没料到会发生这么大的变故，连连挥动还悬在半空中的手说没事了，像两个惊恐错乱的雨刷器。

接下来的训练里，体委滕冲第一次没跨过山羊。

收队的时候，所有人都随着哨声向左转齐步走，只有他一人在队尾向右转去，迈开大步猛走了几米，又惶惶然匆忙折回，卷着脖子如同一个蒙圈的鹅，在一波波的笑声里闷红了脸。

“你能不能少问点凭什么？哪有那么多凭什么！”红闷滕冲把气撒在我身上。

◇

离再次开学还有一星期的时候，滕冲不怀好意地替我写完了暑假作业，把我叫去四十度的大太阳底下，自行车打好了气，车筐里扔着几瓶冻成冰疙瘩的矿泉水。

南南家真远啊。一个小时，两个小时，骑着骑着旁边就没别的车了，冰疙瘩成了冰碴子，倒进嘴里又疼又爽。前轮劈开地上的热浪，带着人朝前滑去，风兜着身上的衣服往后拽，闭上眼睛就觉得是在一路丢盔弃甲。滕冲越骑话越少，刚出门还欢歌笑语，拐去给南南买了礼物，下坡的时候还陪我撒了五秒钟的把，后来词汇量便迅速降低为一。

“刚才那狗死的活的？怎么不知道躲！”

“嗯。”

“数学老师不让陈卅听课，让陈卅去锅炉房给她水壶倒水，陈卅往里吐了唾沫，数学老师接过来就喝了。”

“嗯。”

耐性耗干的前一秒我们终于到了。太阳直上直下地晒着，我的影子变得很小很小，似乎一路上淌没了，只剩下这么点。我把车远远停在树底下等他，滕冲越走越远，走成一个小人儿，我看着小人儿走到砖房子门口敲敲门，门一开变成了俩小人儿，门外的小人儿把手里的东西递出去，门里的小人儿摇摇头，又说了些什么，门关了，门口又变成了一个小人儿。小人儿回来了，越走越近，变回了大个儿的滕冲。

树叶底下的我还没凉透，少年的心就凉透了。

“这么快？你们说什么了？”

“我说‘送你’，她说‘不要’。”

“凭什么不要啊？大老远送来的，她知道你骑了多长时间来的吗？”

滕冲摇摇头。整个见面过程行云流水，耗时半分钟。

我为此喊了他十年“半分钟郎”，听到的人无一例外会憋出一副不方便问又忍俊不禁的脸。往回骑的路似乎更长了，我看着他车筐里随着土路蹦蹦跶跶的傻逼水钻发卡和四个颠沛流离的空瓶子，说：“不怪你，她要收了这玩意儿才见鬼了呢，往头上一戴，审美瞬间离市区又远了六十公里。”

骑出去十分钟以后滕冲忽然开口了：“这他妈你给我挑的！”

“是你让我在五块那堆里挑的啊。”

那天晚上他破罐破摔，在夜市吃完饭又花掉了最后五块钱，给我买了冰棍儿。“你看着办吧，要一个五块的还是五个一块的？”他把着楼下小卖部的冰柜拉门问。

我买了十个五毛的。

冲完凉，我把磨出泡的脚丫子泡进镇西瓜的大水盆里，用脚转着瓜练了一会儿太极。脚边一会儿就堆起十张纸十个棍。

滕冲他妈回来，看见撇在茶几上的发卡，问是谁的。

“她的。”滕冲目不转睛地打着游戏。

他妈看了看我的短发，又看看毫不在意谎言会被戳穿的滕冲：“你怎么不说是你的呢？”

半晌，滕冲忽然说：“对了，以后别老问凭什么。问出来问不出来，都是你自己难受。”

◆

一年后我们上了不同的高中，开始还互相串门，后来就改成他每周都来我们学校，因为南南就读的卫校就在对面。有天吃到第六个腰子的时候滕冲问我：“你是不是喜欢女的？”我一愣：“不是喜欢吃腰子就是为了壮阳行吗？”我翻开手机盖给他看屏幕，“我男朋友。”

“怎么不带他见我？”

“凭什么要见你？”

他琢磨了一下好像也没什么必须见的理由，就问为什么和他好。我告诉滕冲，有天我忘带书，被老师赶出去罚站，他把课本往桌洞一塞，站外面跟我玩了四十五分钟五子棋。

“我俩喜欢同一个乐队。”我说得挺骄傲。“你这不是谈恋爱，是玩。”滕冲下了论断。南南学校只有两个男生，一个笑起来花枝乱颤，一个长得像哥谭市的谜语人，这在很大程度上给了滕冲一些鼓舞，直到我们一起在校门口看到南南和同学上了两个成年男人的车，才觉得之前太乐观了。我说那可能是同学她爸，他说放屁。过了一会儿又说，“我只是喜欢她，又不是傻逼。”

接下来的一年半都是我去他校门口撸串了。

◇

大二的暑假，就在我以为南南是过去式的时候，滕冲突然和她好上了，与红尘间很多备胎一样，滕冲陪着无助的南南去打了胎。但南南的理由不那么俗套，她说她在七夕节回家的夜路上被人强奸了。她不想报案，不能告诉家人，也没有可以信赖的朋友。滕冲想到那条他骑行了两小时的寂寞的长路，心疼得快疯了。南南不记得坏人什么样，只知道挣扎中那人在她脸上蒙了块布把她放倒，醒来一切就已经发生了。

可能是尹志平。我看着滕冲苦巴巴的脸没敢说出来。

滕冲就这样一边打工一边当了一夏天月嫂，一个又黑又瘦的月嫂。就是那年他腰椎间盘突出，再也不去练块儿了。

再开学南南去医院实习了，渐渐地也不再回复滕冲的问候。“得给她空间。”滕冲向我讲解他的恋爱经验。

没过多久她不光有了空间，还有了情侣空间，她晒出与男朋友用一根吸管的照片，描述是“你是我的阳光，陪伴我度过阴霾”。滕冲的脸，被这阳光一晒似乎更黑了。

这些事我是后来才知道的。因为我在那个开学季也失恋了。

之前给一个学弟补习功课，补着补着就成了约会，约着约着他就考上了远比我好的学校，我因此大受打击。为了挽回面子，临走我用尽浑身解数在站台上跟他亲了个技术拔群难度系数 7.2 的嘴。果然学弟直着眼说我靠，早亲上这一嘴就走不成了。我心满意足，然而彼此再也没有联系过。

滕冲已经半个月没回家了，尽管宿舍到家不过半小时的车程。他妈给他买了个理疗护腰，让我跟他说，“以后要钱跟家里要，只要我能拿得出，就不会问拿去干什么。”

窦姨的婚介生意越来越差了，通过社交网络认识的年轻人，又少了一个忍受七大姑八大姨的必要性。这两年她也见老，脸上的一团喜气弧度更大了，照样不急不躁地拿着她的资料本兜售其中的男男女女。

我把护腰扔在滕冲坟包一样的被子上说：“我真喜欢你妈啊。”滕冲从坟包里出来，我这才看到昔日史莱克已经成了2D的纸片人。我心想当初说你像个别的动漫就好了，起码不会绿得这么彻底。

后来他又问过几次我的网站密码，我才知道南南的空间已经对他设了权限。我骂他没出息，他嫌我老改密码。滕冲在吵吵嚷嚷中渐渐回血，终于把坟包拆了。回家那天，窦姨什么都没说，跟往常一样端出几个菜，吃完把他摁在阳台上剃了个头。剃到一半来了风，卷着地上丛丛的乱发，像黑色的蒲公英般飞了出去。楼下的老头在几十秒后骂了起来，窦姨握着突突空转的电推子弯下腰笑了起来。

滕冲在接下来的日子成功转型，他不再提起南南，或许思念和肌肉一样，长久不动就可以缓缓消失在身体里。他成了一个大人，开始不好玩了，会说一些爹才会说的话：“你手机长在手上了啊？简历写了吗？你不找工作，工作不会来找你！”

“离开手还叫手机吗？这世上比无所事事更幸福的事就没有！我得享受完这个尾巴！”

滕冲凑过来要看看我怎么谈恋爱，看了两秒我们的肉麻对话之后他就弹走了：“你就不能找一个踏实稳重的？”

“对，体健貌端，勤劳勇敢。”

“你也别看不起那些词，都是人类提炼出来的择偶最重要的点。”

“谁告诉你我在择偶了。”

“那你谈那么多恋爱图什么？”

“图每次都不一样呗。”

滕冲忽然很沮丧：“一样有什么不好。”他剪裁合体的衬衫绷在身上，这身打扮不适合做这样颓废的动作，加重了这少见的尴尬，我们都成体面人了，至少他是，我不该再喊他半分钟郎了。

◆

勤勤恳恳的滕冲有天加班完被女上司叫住了，说大家合作这么久了，不如睡一下。滕冲立刻接受了美意，犹豫是不礼貌的。

这一觉睡得很一般，俩人有点拜年的样子，您里边请，您得着，您请好，还想来点什么，您随意，跟到自己家一样啊，欸——您慢走。

但是第二天早上，早早起身洗漱的滕冲在卫生间发现对方买了新的牙具和剃须刀。滕冲看到俩牙刷头靠头的样子瞬间就坍塌了，比昨晚拜年之后的坍塌更加彻底，封闭的卫生间仿佛被照进了万缕阳光，如同被一手蜜的熊掌糊个整脸，滕冲说不出话也挪不动脚了。

之后滕冲每天在她家刷牙，刮胡子，并本着投桃报李的精神认真上床，努力提高用户体验。直到女上司问能不能不缠着我了，再继续就只能公报私仇了，滕冲才知道该走了。临走他想，留个纪念吧，自己找个袋子把牙刷和剃须刀装走了。

“卫生间的柜子门我到最后也没拉开过，万一里面是满满的新牙具和剃须刀呢。”滕冲拿回这份旅行套装之后有点忐忑。

“也可能是旧的。那些不肯走的最后都被收拾了。”我接着低声说，“其实，你那些辞职的同事根本不是辞职了……”

差不多同时段我又一次恋爱了。那男人体健貌端，勤劳勇敢。踏实稳重，对他的妻子也是。

这是我第一次玩砸了。我以为我是这段关系里最无所谓的一个，却发现谁都比我无所谓。我的美好品质，我的高尚情操，在徒劳的搏斗中狗屁不如，整个人像刚刚修炼成人形就不小心破戒的动物，打回了旧日皮毛。在他楼下坐了一天两夜之后，他刚刚考完SAT的女儿对我说："别说你跟我爸好，就是跟我好，我妈都懒得知道。"最终也没有任何人伤害过我，我却第一次明白什么叫段数不同不相为谋。

这段时间我前所未有地想找人谈谈我的感情问题，可是滕冲已经不能随时接起我的电话，他结婚了。

婚礼现场戴钻戒环节，滕冲拿出五块钱的发卡讲了一个动人的初恋故事，在一众亲友的泪水和掌声中给南南戴在了精致的韩式盘发上，好像他俩从那年一直好到了现在。想必那个发卡本人也没想到会有今天。

好好一个人，说结婚就结婚了。五块钱啊，当初能买十个冰棍儿呢。

滕冲过上了深居简出的生活，在铺满蕾丝枕头的卧室，在雪白的毫无油星的厨房，在十三年后得以依偎的，爱人的臂弯。

我跟窦姨喝酒，在她家大着舌头把话说成了车轱辘，相同的内容一遍又一遍从房间里碾过。"知道为什么找你吗窦姨？"我把嘴埋进酒杯口，声音在玻璃器皿里含混冲撞，"因为你爱的人也死了。”窦姨甩着勾在脚趾上的拖鞋，忽然笑了：“你叔叔也出过轨。”“谁？”“滕冲他爸爸。”我猝不及防，没想到那个在他们娘儿俩描述中近乎完美的人也有这么一出。窦姨像是看出我在想什么，“谁也不是坏人，只是人。”她用胳膊肘轻轻捣我肋下，“我们说好谁也不再提的，可是他现在管不着我了。你看，不管谁是谁非，别先死就对了。”

于是我又活了，又可以在征婚启事里写肤白高挑气质佳了，可是现在没人这么写了，现在的女孩写爱摄影爱旅行爱美食爱生活，写你还不来我怎敢变老，剩下的让自拍说话。世道让有些事变难了，也让有些事简单到叫人提不起兴趣再做。

◇

有天滕冲忽然给我打电话，他辞职跟着她去了香港，过几天回老家问我要不要带点化妆品，说某个很贵的牌子在香港一套才卖两千。我说两千够我买一抽屉了，我一向靠量取胜。他让我准备好接风，我订了三人的位子。

滕冲一个人来了。

南南留在香港，和当地一位先生结了婚。我这才知道他们俩连证都没扯过。

“这样可以拿到香港身份。你看什么看，人总有一段时间内最想做的事啊！”

这一顿滕冲请的客，虽然说好是我接风，可我真是不想给傻逼付钱。

很快他又找到了新的工作，整个人活得顺风顺水，还比以前开朗了许多。我想可能是他圆了梦，把发卡送出去了吧。

窦姨工作的婚介所已经改成了婚礼策划，几个元老阿姨被留了下来，年轻人干活的时候帮着搭把手，技痒了就在婚宴上给单身宾客凑凑对。有时我会缠着她给我也找找，给她手机里发了一堆我的自拍，可是她连一个人都没介绍给我。

中秋节我一个人在家，找出遥控器打开了电视，也开着电脑手机和平板。拆开单位发的月饼，一个一个吃过去。人太奇怪了，一边说着月饼象征团圆，一边又把它切得七零八落。月饼的正确吃法，就是独享啊。

电视里的女人在祝“所有人心想事成”，可是世界的问题不就是每个人想得不一样吗？我盼着你死，你却希望长命百岁，按谁的算好呢？祝所有人心想事成，和祝世界大乱，没有什么区别。

滕冲急赤白脸找我的时候我已经吃得胃泛酸水了。他让我立刻到一个酒店后身儿的街上接他，声音里有大风。

九月的最后，他穿着一对棉袜和内裤站在暗处，眼镜也没戴，眯着眼等着。我脱下外套让他穿了：“抓嫖了？”

“屁！南南来北京办事，想见见我。刚才她新老公来了，我怕给她找麻烦，就从窗户出来了。”

我把外套从他身上扒了下来：“你穿太难看了。”

滕冲又暴露在秋天里，牙齿打着磕绊：“顺管子下来的，跟拍电影似的，特刺激，你该试试。”

滕冲家里像是比外面还冷几度，陈设跟他们新婚燕尔时一模一样。他开了瓶酒，把阳台门打开坐下来。我泡了杯茶，消化我肚里沉甸甸的月饼和怒火。

月亮已经走了，电视里的男人女人都走了，滕冲问我还记不记得那首看云的诗。

“当然记得。你对着手柄耍流氓的那首呗！你看云时很近，看我时很远，一会儿很近一会儿很远……”

滕冲笑着打断了我：“当时觉得这诗故弄玄虚，后来懂了，因为她在天上，就是离着云近，离着我远啊。”

“你不是说你只是喜欢她，不是傻逼嘛！”

喝多了的人已经不在乎有没有人听：“你记得她转来的那一天吗？她坐到教室最后，就窗边那个漏风漏雨一直没人的位子。最后一节课结束时我习惯性地往后一伸懒腰，手刚好碰到她头发，湿乎乎的，我吓一跳，这才想起后面坐了个人。她带着一层水汽，低着头小声问我，‘你有透明胶带吗？我想粘上窗缝。’”

这有什么特别？

滕冲继续说：“我把胶带给她的时候她抬头了，黑黑小小的一个人，眼睛圆圆的，像是大雾里马的眼睛，小雨里牛的眼睛，河岸边狗的眼睛，再转上一转就会滴出泪来。我心说，这个人说什么我能拒绝呢？说什么我都不能。”

男人真是低等啊，这样就爱了。

“她喜欢这个阳台。”高楼下是一面湖，远远的像一块黑曜石。他看着环湖的灯火，湖尽头隐约的云霭，“为了这个夜景买的，还装了摇椅，她一次也没在这儿坐过。”

“起码那个发卡她戴过了。”

“你也没看出来？”滕冲笑了，躺进摇椅里，“那根本不是当初那个发卡。”他手边的空瓶子咣当掉在地上，“你看，我也有骗她的时候。”滕冲闭上眼睛，把语气调成得意的模式，仿佛他的爱人没有离去，只是赢了一把牌。

胃里的月饼变成了礁石，与一波一波强酸的潮汐对抗。

“下次再有这事，别叫我。”

◆

他没有叫我。两个月以后，他躺在同一家酒店的楼下，被几百个人围着，仰面朝着高处的某一扇窗。这次他衣冠整齐，全须全尾，只是那方方正正的脸再也不像证件照了。那扇窗里没有人下来，我甚至不知究竟是哪一扇窗，目送了这一幕。人们讨论着一万种可能。然而不会再有人跟我八卦发生了什么，让我传得满世界都是了。

梦里我一遍遍地代替他站在高楼的窗台上，云很近，他躺在楼下的地上，很远。我后悔了，我不该跟窦姨说我们爱的人都死了，我想让他活着，哪怕做一辈子蠢事。他望着楼上的窗说莫河啊哪有那么多凭什么，别问凭什么，认命就是了。

◇

窦姨家再也没有冰橘子汽水了。

第一次跟滕冲说话的时候我刚跟人打完架，额头上的伤突突跳着疼，在校门口看到滕冲就抄过他手里的橘子汽水冰头上的伤，他说你蹲低点，热了就不好喝了。我蹲在地上，用手扶着额上的汽水，他要了根吸管，就着我头顶喝起来。“以后护着头。”“用你说？”“为什么打？”“他骂我爸妈。”“下次叫我。”

伤处冰得麻了，汽水也喝完了。我顶着空瓶子站起来，瓶子在地上投射出一个光影，对面这个人跟我一般高，站姿却好像他有两米似的。我猜这个一鼻头汗珠的家伙出了事不会给我告老师，也不会找家长。我决定跟他一起玩。

不知道为什么，我从那再也没长过个儿。姥姥问我是不是在屋里打伞了，从人裤裆下钻过去了，我说都没有，我就顶瓶子了。

我坐在他们家门口，吃了一兜冰棍儿。他喜欢橘子汽水，我喜欢大火炬。

要是巧克力大火炬没有了，那我就买十个五毛的。可他不一样，他太可笑了，是吧。

“祝愿你精神抖擞，降妖除魔。”

二次浪费

所谓不舍得，往往不是不舍得那个人，而是不舍得自己付出的心意吧。

◆ 窦子

窦子丢了工作，这几天正满世界人肉那个多管闲事的女孩。

两年多前他从报社辞职了，当然这是他的说法，实际上他是被辞退的，临走还闹得很不愉快。为了被那家报社录取，别人都要求爷爷告奶奶的，窦子倒好，给脸不要，把力排众议担保他进来的高副主编气了个半死。

窦子的稿子写得不错，这也是高副主编从一堆关系户实习生里把他扒拉出来的原因。可报纸总归是纸媒，意见太尖锐了，一屋子人都要替你提着心。窦子总喜欢在最后一刻交稿，错字也不检查，本来就惹得同事不满。话赶话，事摞事，窦子的工作就干到头了。临走的时候他只给高副主编写了封邮件告别，还把“此致敬礼”写成了“辞职敬礼”，高副主编哭笑不得，都被开了，你还辞什么辞。

窦子把食堂饭卡里所有的钱买成了可乐和泡面，丰收一样地回家去了。在家吃了一个星期后，他给自己找了个堪称天才的新饭碗。

窦子在网上发了代遛宠物的广告，很快从附近的上班族那儿接到了不少生意。接送自理，狗粮自带，跟幼儿园差不多。上午他牵着狗们去公园，下午哥儿几个在院里玩球，他看书，一天就这么过去了。生意多了之后，窦子买了辆面包车，接送加钱，周末托管，渐渐小有名气。这几年老有人说罗兰夫人那句话：“认识的人越多，我越喜欢狗。”窦子觉得矫情，想来想去都确定自己还是喜欢人，但狗比人好相处倒是真的，这些日子他轻松多了，以至于这份过渡期的职业一做就是一年多。

你看，至此为止，他都还没什么成为网红的潜质。

◇

有天窦子带着四五个客户，也就是狗，在公园遛弯。一个年轻妈妈领着小男孩从旁走近，犹豫半天开口问他能不能让小男孩牵牵狗，喂喂它。小男孩心心念念想养只狗，妈妈认为他还不能照顾狗狗，一直没答应，今天实在经不住缠磨想让他试一试。窦子找了条最温顺的小狗让小男孩牵着，跟着他一起走。小男孩高兴坏了，一路跟小狗聊天，帮它铲便梳毛喂食，窦子都要走了他还抱着小狗不愿分开。当妈的看着儿子跟狗在一起的场面，也被打动了，答应周末就带他去挑一只。儿子高兴得直蹦高，亲了狗亲妈，亲了妈亲狗，其他狗都看呆了。

就这么着，窦子的副业开始了，花两块钱孩子可以带狗转一圈，五块钱三圈，花十块钱能在草坪上跟当事狗玩半小时，全程须家长监护。对家长来说，几块钱买不了吃亏买不了上当，坐个一分钟的摇摇乐还得两块呢，去大商场的亲子中心十块钱更打不住。这公园里又透气又敞亮，孩子能同时亲近动物和自然，家长也不累，没有比这更划算的事了。窦子成了广受欢迎的人物，每当他带着大大小小的狗从面包车上下来，孩子们就一阵欢呼，就差给他铺红毯了。在河畔公园，不管大人小孩，都管他叫狗叔。窦子很想把这件事跟狗主人分享一番，想必他们与有荣焉，说不定还可以开启分账模式。可他眼下正在兴头上，万一对方不同意，不就没得玩了吗？还是过阵子再跟他们沟通好了。

用窦子的话说，养宠物是大事，做决定不该那么快。跟女孩买昂贵的化妆品之前先要个小样试试一样，他的玩狗业务，就相当于试用装。

有了这一份半工作，窦子够吃够喝，他被报社扫地出门的事，也不用跟远在美国的父母说了。这两年他们忙着跟世界各地的标志性建筑物合影，也不太管他在干什么了。

◇

就在窦子默认日子可以这样过下去的时候，一段关于他代理遛狗同时往外租狗的视频在网上火了。画面里他和孩子们相处甚欢，孩子们和狗相处甚欢，阳光普照，绿草如茵，简直像什么不切实际的电影结尾。可是，视频引发的讨论直接把窦子丢进了深坑里。关于安全、道德、他是否有权利这么做这些事引发了种种不同观点，对相同观点的极端化强化和对不同观点的诛心愈演愈烈，最后发展成毫无原则的骂战。窦子就在滔天的谩骂中被动成了网红，甚至被无聊的年轻人做成了鬼畜，把他的口型配上“汪汪汪”，着了魔一样在屏幕上反复闪动和放大。

“是不是想挣钱想疯了？怎么能出租不属于他的财产？”

“这跟二房东一样，顶多算二狗东吧。”

“他可是两头赚钱，应该算是中介。”

“不对，这是承包机制啊，接了遛狗的活让别人做。就像我接了一单生意下放给几个工厂做，这跟道德有啥关系？”

“挂右边文盲加法盲。承包商有让工厂掏钱的吗？”

“省得榨取剩余价值了，资本家新形态哈哈哈。”

“狗的钱也赚，还是人吗？”

“楼上是不是傻，明明是用狗赚人的钱。学好语文再出来吧。”

“出了事谁管？狗被人牵走或者小孩被咬了他负责任吗？”

“你怎么知道他没有在关照狗狗和宝宝，他也是为了让大家都开心，我好久都没看到这么多人同时露出这样的笑容了。”

“散了吧，圣母一出现没话讲了。”

“图个乐至于吗？”

“是你的狗你还笑得出吗？你孩子得狂犬病了你还笑得出吗？”

…………

老客户陆陆续续不来送狗了，有的还专门打了电话来，扯个谎解释一番，搞得窦子挺不好意思的。好在拍摄者离得远，窦子的脸没被拍清楚，他做这行又没有几个熟人知道，所以才没在现实中被广泛嘲笑。窦子在网民的汪洋大海中经历了惶恐、愤怒、迷失，终于可以像旁观者一样看笑话，也放弃了站出来说明和抵抗的念头。

◇

直到一条要求人肉他的评论映入眼帘，又激起了他的逆反心理，这么个事还不让人活了，拉出来示众啊，是不是还要砸石头？窦子冲着电脑喊了两句，擦了擦屏幕上的唾沫，目光停留在发这条视频的人名字上。“西瓜泡泡糖”，头像是糖纸团成的一个小球，看之前发的内容，应该是北京本地姑娘，上班族。这条微博之后，她从一个每条内容只有一两个回应的普通博主，变成暴涨了十几万粉丝的大博，现在随便拍点什么都有人转评了。

窦子气坏了。你这不是踩乎我上位吗？他再也不避讳暴露了，直接发私信给这个泡泡糖：“你想必火了，我可没饭辙了，给找个工作吧。狗叔。”想到对方现在正当红，窦子已经做好了被忽视后再发的准备，可不一会儿对方就回复了，打开是一个问号。窦子的火噌噌地冒，这话哪儿说得不明白吗？这下他非要找这小姑娘理论理论了。

“你的病毒视频影响我生活了。”

“你才病毒呢！”

“红也红了，差不多删了得了。”

“我删了有用吗，红的是你，现在哪儿搜不到您狗叔啊。”

“你是不是得给我道个歉？”

“你给狗主人道歉了吗？”

“你是不是觉得你特文艺特温暖特无辜，还是觉得为狗伸张正义了？”

对方半天没回，窦子沉不住气又发一条，连点几下，发现自己已经被拉黑了。窦子憋得脑门子疼，他较上劲儿了，立刻注册一个新号，用上不相干的女性名字和头像，重新发私信说喜欢她拍的视频，是泡泡糖的粉丝，想加她的微信。

“你是刚才那个人吧，呵。”

窦子很受伤害，比立刻被识破更没脸的是，他竟然被“呵”了。汉语大词典里还有比“呵”更不屑的词吗？

他窦先生怎么说也算是有里儿有面儿的一个人，怎么就被无情地“呵”了？

他已经很久没生过气了，也许和狗当同事的这些天，他透支了太多无忧无虑了。他翻滚上床，郁闷到半夜刚有点睡意，就被电话吵醒了。

果然是他那等飞机无聊的亲妈谢女士打来的，她对时差和窦子的作息根本没有概念，愉快地强行描述欧洲风情。窦子的困意终于袭来，把手机撂到枕边，在她拿法国奶酪跟“王致和”对比做测评的观点中睡去。

醒来他就看到老窦发来的三条信息：就是这个女孩。后面跟了一张女孩的照片——照片拍得头大身子小，边角还有不小心闯入镜头的手指，明显的长辈摄影作品。饶是如此，也能看出女孩健美自然的体态和隐约不情愿的神色。窦子接到父母发来的奇怪东西太多了，这位大概又是老窦旅途中遇到的某个华侨吧。老窦的最后一条信息是窦子最为常见的：去给我点赞。

不用点开也知道，他新更的照片一定是和谢女士在景区拍的令人不忍直视的亲密合影。窦子几乎半遮着屏幕点了赞，匆匆退出。

◇

老窦和谢女士的生活方式无疑让很多人羡慕，甚至会因此忽视他们的父辈吃下的苦。他们两家本不相识，父辈被下放到一块儿，先成好友，再结亲家。后来因缘巧合，老窦和谢女士不但得以回到首都，还各自收回了旧宅，两处宅子都赶上拆迁，他们就用这笔钱的一部分买了运河边上的新房，剩下的就都成了旅游基金。“还挖出来俩瓶子呢！那个给你留着。”老窦怕窦子心疼那笔原本可能属于他的小巨款，这样安慰他。窦子根本没惦记这事，或者说没把飞来的横财跟自个儿扯上关系，对他这种没有本土情结的人来说，也真不明白搬出四九城有什么跌份儿的。

窦子把这所挺不错的房子做成供旅行者短租的家庭宾馆了，总得吃饭啊。一个值得自黑的发现是，他似乎只有把不属于自己的东西租出去这一条生财之道。他想过要再注册一个小号精心伪装，去骗骗西瓜味泡泡糖。想了想实在没什么心气儿做这种事，就还是用原来自己的号悄悄关注了她，看看她又拍了什么，说了什么，也挺好玩的。跟大多数女孩不一样，她拍了这么多身边的照片和视频，却从不发自己的照片。窦子习惯端着饭碗坐下的时候打开她的页面，不知道第几次被她写的日志逗笑，他才意识到自己早就不生气了。

在地球上不断移动的谢女士又打电话来了，她说已经替他安排好了相亲的饭店，让他千万别忘了，可窦子连相亲这件事都没有一点印象。那天他快睡着的时候随口答应了她的提议，这也就是老窦发给他那张照片的原因。

“不去。你们给我找的那种小屁孩我处不来，人家也看不上我。”

“处得来！看得上！这姑娘比你还大两岁呢。妈妈还不了解你？喜欢小年轻儿那都是没有品位的，这姑娘跟妈妈有点像，一定是一个懂生活会生活的人，这样的人最适合相伴一生……”

“求你了妈，我去还不行吗？”隔着越洋电话窦子都快崩溃了。一位两千零几年就给儿子扔掉松紧带内裤、书包里放安全套的爸，和一位与儿子多名前女友保持正当联系的妈，你能拿他们怎么办？

谢女士把约会地点定在一家大酒店附属的饭店，用她的话来说，这里进可攻，退可守。十点的约会，给迟到的人空出半小时，也就才十点半，边吃甜品边聊一会儿，看不上眼正好可以借故离开，聊得愉快就地共进午餐，如果特别投缘，楼上的客房也不是摆设。

窦子二十八岁，有过六个女朋友；二十二岁之后，有过零个女朋友。谈恋爱这件事，确实有点手生，可亲妈助阵这种事，一般人真是碰不上。娘为刀俎，我为鱼肉，只要俩人不因为这事闹回国，窦子怎么都行。

窦子披挂了上班时穿的衬衫西裤皮鞋坐在靠窗的位置，等着，观察着每一个从门口进来的姑娘，忽然有点感谢谢女士给了他这个机会，否则他都快忘了姑娘们有多好看了。

◆ 西西

祝西西今天故意打扮得非常不正式，明黄色吊带背心和牛仔短裤，抓乱了短发，肩膀和上臂上贴了一片几可乱真的浮世绘风格文身，如果对方是受长辈喜欢的持重男士，应该看到这就对她敬而远之了。

西西的姑姑和一对环游世界的中年夫妻成了旅友，数次给这位侄女说亲，西西被念得烦了终于答应见面，之前已经拒绝过好几次，再推姑姑该翻脸了。

西西要了这里有名的冰激凌，对面这个叫窦子的男人点了杯价值三十五元的冰可乐。谁来这儿会喝冰可乐啊，西西绷着脸，尽量做出不好聊的表情。十点一刻，撑到十点五十，就有早安排好的托儿给她打电话来假装有急事了。

两人寒暄过后没什么话题，谁也没好意思动面前的东西，任由两个杯子相对泪流满面。冰激凌快要融化的时候，西西忍不住开口了："你喜欢什么样的女孩？"她借机挖了一勺冰激凌。

"这事能预设吗？当是逛菜市场呢，桃要软的还是脆的，杏是酸口还是甜口，想要什么就奔着去。"

西西张着嘴看着窦子，对方似乎也在话音刚落后愣住了。

帆布包就在她座位旁边，她抓住包带，起身的动作已经是箭在弦上。"我先开口已经是给面子了，你随便回答两句不就得了吗？说聊得来的也行，温柔顾家的也行，独立上进的也行，俗就俗点，又没人给你打分。同样的意思，说遇到喜欢的人类型不是问题也好啊，干吗非得吵架似的？"西西胸口起伏几下，却忽然泄了气，重新拿起勺子朝已然脱相的冰激凌俯冲下去。要是就这么不告而别，回去难免要挨一顿臭骂。而且仔细想想，对方说得没错，如果有人问她，她八成也这态度，要怪还得怪自己问了这么个蠢问题。

"你也就遇见我了，不然这坨冰激凌在你脸上的概率绝对比在桌上的高。"西西好歹得为她刚才的失态找个台阶。

"也没好到哪儿去，差点就退席了。"对面的男人惊魂甫定，又露出无所谓的表情来。

“你说谁是桃是杏的了，说男女问题呢，凭什么你们男人就成了来挑的那一方，我就该是个果儿？”

“有道理，您要是不高兴，就当我是土豆。”

西西今天没兴趣应对这样的贫嘴，她深吸一口气道：“我就不耽误你时间了，老实跟你说，我有男朋友，家里不同意。但我们好着呢。”西西摁亮手机，屏保上是她和一个高个男孩在快餐店门口的合影。她想好了，窦子告状她也不怕。

“你爱吃汉堡啊，早知道不约你来这儿了。”这个男人好像根本不看重点。

“不爱吃，他在那儿当服务员。”西西毫不隐瞒，每当她说出三十岁的男朋友还在大学生打工的地方工作，别人总会露出或多或少的尴尬，继而闪烁其词。西西瞪着窦子，等着他难堪或回避。

窦子面色如常地点了点头：“鞋挺好看，齁老贵的吧。”

西西一呆，看不出他是说真的还是讽刺，几下吃完了剩下的冰激凌：“回去就说不合适吧。不能说你看不上我！对了，也不许说我看不上你！不然还得麻烦。”

“那我说为什么不合适啊？他们可一个劲儿说我们挺合适的。”

自从西西说了男朋友的事之后，窦子便更放开了，说什么都嬉皮笑脸的。

“就说我是脆的。”西西憋着笑，与他友好告别。走到门口的时候她被窦子叫住，问能不能加个微信。西西心想反正话都说清楚了，加就加呗，干脆地掏出手机。

窦子看着她的名字，忽然变了脸：“你是西瓜泡泡糖？”

◆ 窦子

窦子和西西在酒店临街的门口摆开对阵的架势，他快被自己气死了。

想当年他也是人见人爱的“段王爷”，可能他把话都在学校说完了，过了那个年纪别说段子，话都不想多说了。他也是好久没跟人逗过闷子，竟跟这个女孩聊得挺热络。他没到动心的程度，对方又有对象，刚好是成为无公害朋友的最佳情况。他在对方出门后才说服自己追上去，没想到与仇人狭路相逢。

西西还以为被粉丝认出来了，带着点得意问：“怎么，没想到跟网红约会了吧？”

窦子想象得出自己脸上的表情有多狰狞，让他感到羞耻的是，刚才他还主动找人家留微信呢。他真的没想到，在他快忘了有多想把她从人海中揪出来的时候，她就这样站在一米开外了。

西西“啊”了一声，指着他道：“你就是那个挣狗钱的！”

“你这么说，骂的可不是我。够可以的啊你，还给我拉黑了！”

“恭喜你，在现实中也被拉黑了。”看神色，窦子还以为她要往回找补几句，没想到撂了句更狠的。她的电话响了，她接起来没等对方说话就答应马上过去。

窦子一声冷笑：“早安排好的吧？就跟谁非要缠着你不放似的。还有这，假的吧，吓唬谁呢？”

窦子用手指尖碰了一下她文身贴画的边缘，西西满脸通红，往后退了好几步，不停向着车流中的出租车挥手。

能怎么样呢，在肚子里憋了一个月的话这会儿一个字也不想说，总不好揍她一顿。窦子看着她着急离开的样子，不愿再生纠葛，走进他那辆喷绘了各种类型卡通狗的面包车。

车里的狗味差不多散尽了，窦子不知道她会不会把这其中的渊源跟家里人汇报，他就兵来将挡吧。没工作之后他已经很久没这么早起了，到家跟正要出门的背包客打了个招呼，他就沉沉睡去，醒来第一件事就是打开微博悄悄看西西会不会就他们今天的事吐槽。见她没有更新，窦子关掉页面，不知道是放心还是失落。我只是看看她有没有骂我，窦子这么想着，宽慰自己隐约紧张的心。

西西手机屏幕上的那张合影总在他眼前晃悠，男孩虽然在笑，神情却说不出地奇怪，像一个初现老态还在坚持扮演高中生的偶像剧演员，带着一种穿帮感，窦子猜他是恨屋及乌才有此印象，别扭极了。

◆ 西西

西西思前想后，去相亲的事还是没跟男朋友韦超说。

韦超从来看不到她的小心思，又往面前的碗里扔了一把香菜，丝毫没注意西西不说话也不吃东西。他下午有几个小时的班，所以上午就去打球了，早饿得前心贴后背，就盼着一碗热卤煮，西西忽然非要见他，他就让她来这儿了。

韦超掀起衣服抹了把脸上的汗，扬手招呼了两瓶汽水，这才发现西西没动筷。

“吃啊，你不是也特爱吃吗？”

“不爱吃了。”西西笑着，“可能今天不饿。”

“那年我带你出来你吃得那叫一个欢！当时这店才从这儿到这儿这么宽，一般人想吃都不卖给他，咱们那片小孩都得求我，多少人第一次吃都是我带来的。”韦超边说边比画着，仿佛光辉岁月随着他肢体的舞动重现。

西西陪着他回忆着，这家店扩大的区域和旧的区域连成了片，变得跟旧的那块一样旧了，苍蝇飞在桌上，蚊子绕在腿边。

韦超见西西不停拍打，对她说：“没用，这地方就这样。”

他仰起脖子，叫西西看他万年表演不腻的绝活儿，不喘气喝整瓶汽水。橘黄色的液柱直直冲进他的嗓子眼里，瓶子很快成了透明。韦超再次挑战成功，举着瓶子好似捧起奖杯。

“走吧。”西西提议陪他去快餐店，抢先以她有零钱为由付了账。韦超对钱没什么概念，常常不小心就花得身无分文，西西总要找个不伤他面子的理由帮他省钱，和他在一起的时候，连车都不怎么打。

韦超牵起她的手，把她的手别进他臂弯里挎着，自己抄着裤兜，西西靠着他微微汗湿的袖口，低头看着他鲜艳庞大的篮球鞋，像之前的十几年一样。

中学时代的韦超是学校的明星，每次他在球场一出现，休息区女生放的可乐都够全队的人喝。西西跟他约会，受了多少诽谤诅咒，她都记不清了。流言被她折算成光荣和幸福，成为她爱得更深的理由。如今的韦超会在挎包里塞一件皱巴巴的北京市公交公司制服，三十块钱包邮买的，上车的时候穿上，跟师傅点个头，就躲过了买票。“早就回本了，后面全是赚的！”好像逃票的钱不是贪的骗的，而是他的智慧所应得的。韦超说的时候很骄傲，丝毫不理会西西窘迫的脸。韦超的旧日跟班表现出一点点不敬，他就会跟人断绝往来，西西的规劝往往浅尝辄止不欢而散，渐渐也不愿再提。西西一边想在上车时离他远一点，一边为这份私心自责。

母亲的电话来了，问她相亲的结果，西西说窦子人挺好的，就是没工作。本想着这样他们就不会强迫她和他继续交往，没想到对面的父母立刻争吵起来，埋怨姑姑没打听出实话，本来那个打零工的就够让人闹心了，又来个没工作的。西西正听得厌烦，公司上级的电话来了，冲掉了语音通话，西西带着感恩接起休息日打来的工作电话。听明白是什么事之后头大了一圈，还不如听父母唠叨呢。

◆ 窦子

窦子已经被强行视频了两个小时，谢女士在屏幕里把他骂了个狗血淋头。丢工作的事自然要老实交代，更要命的是，一个不识趣的房客来退钥匙，急着拿押金走人，任他反复用眼神阻止也没能让他闭嘴。这下把家租出去这件事也瞒不住了。谢女士把她一辈子吃的苦头从头细数，一边说不活了一边让老窦订机票回国，一定要死在窦子面前。

“我就是休个假，又不是找不到工作。您要不乐意我不租这房了就是！”老窦又是端茶又是揉肩，在谢女士身后朝他挤眉弄眼，谢女士对爷儿俩嗤之以鼻。窦子恨死了西西。对好的词儿又改了，到底要毁他到什么程度啊！“她还有男朋友呢，她说的话能信吗！”

特立独行的谢女士永远不会叫人失望，她听到这话的反应竟然是这女孩抢手，值得一追：“有男朋友还去相亲，也说明这孩子不认死理儿，将来过不下去了好聚好散……”

窦子叹为观止，但还是打断他妈，郑重宣布决不会再见这个女孩。尽管他为了表示决心，连谢女士都忤逆了，还是一出门就看到西西正站在他的车门前东张西望。

坐在他家，西西艰难地开口，说她老板看到那条视频，觉得商机不可失，要给窦子提供资金和资源，用狗叔的名义开发一款 P2P 产品，这个公关任务当然就交给她了。

窦子像听笑话一样听完了她老板的宏伟计划，这款 APP 将成为链接狗主人、看护者和试玩者的中介，进而扩张到狗用品和狗医美的经营，为人类和人类的好朋友架起“汪汪汪”的桥梁，产品将变狗市为牛市，一年盈利三年扩张五年敲钟上市。

看着西西一副想死的表情，窦子有种大仇得报的快感。他要求西西公开道歉，把狗叔好好夸一顿，承认她给他带来了恶劣影响，他再考虑她们公司的建议。如果不呢，就把做 APP 的想法公布，说是她的主意，如果真有商机，愿意出钱的肯定不止一家。到时候她不仅是办事不力，还是商业间谍了。吃不吃官司另说，底价就得是开除。

窦子见她不答，说给她倒杯喝的让她慢慢想，小人得志的笑容无处藏掖。他端着两个杯子回来的时候，西西已经不见了。

◆ 西西

韦超今天穿了新收的限量款球鞋，在场上格外卖力。韦超到底打得多好，西西弄不明白，他在少女们的尖叫中成为不可动摇的校园明星，可终究没打进任何职业队，她只知道为了有球随时打，他到现在都没有找过正式工作。

西西在窦子那儿受了委屈，可讲来讲去韦超都听不进去，只是摸摸她的头，给她买一个冰棍儿，粘在她的舌头上。大概在他的理解中，这样能哄好一切女孩吧。他仍然像个孩子一样，这让西西不知该羡慕还是责怪。她在自己身上找了各种理由，来挽救他们之间日益稀少的交流。她在长大，韦超却停在原地。

几乎身边所有人都在劝她分手，别说父母亲友看着别扭，连当年最迷恋韦超的女同学都跟她说，这种人，睡一睡就可以了，你还真托付终身啊。

可人和人告别感情的难度是不一样的。

西西这场恋爱从十五岁谈到三十岁，她离不开韦超，与其说是感情太深害怕失恋，不如说是心疼自己浪费了十几年的生命，她像一个穷途末路的赌徒，为了不让之前的感情浪费，只有更多地投入进去。放弃韦超，意味着彻底与过去隔绝，跟否定自己半个人生有什么区别呢？每当有分手的念头出现，她都要反复分辨，到底是因为旁人的反对服软了，还是遵从了内心。

韦超不能理解工作这种事有什么好烦心的，不让干就换一个，就像他不能理解西西努力多年爬上现在的位置一样。西西陪他走到快餐店，他让她等在门口，他蹿进去不久飞快出来，朝她手心里塞了一个东西，在她脑门上亲了一下才走。西西张开手掌，里面是儿童套餐送的玩具，心里的柔情和不耐烦纠缠往来。她记得几年前这附近还不怎么繁华，他刚刚来这里上班，值夜班的时候，她点一份吃的在旁边陪着，没人的时候，他就在座位之间表演带球过人，三步上篮。那时的夜晚很快，她第二天还能精神百倍地去工作，可现在晚睡一会儿，都要有黑眼圈了。

她抬头正要走，竟在玻璃里看到了窦子的脸，她一惊回头。窦子举起双手："我是来道歉的。"

◆ 窦子

"你怎么找到这儿来了？"

“你们合影上有旁边这家店。”窦子朝刚走进店里的韦超张望，“他还在公交公司上班啊？”

西西没答，反问他的来意。窦子真是来道歉的，他把她逼走就后悔了，导航过来已经在对面等了很久。窦子把他的刻薄归结于闲得蛋疼，决定见完她就去卖车，在他爸妈回来前找个新工作。至于狗叔 APP 的创意，如果她是负责人，就拿去随便做好了。

西西看了他半天，问了一个据她说早就想问的问题，这么喜欢狗，为什么不自己养一只？回答好了，就接受道歉。

窦子挠头半天，难为情地讲了一个故事。四岁的时候他第一次见到螃蟹，哭着抱走一只不让人吃，放在脸盆里养了起来。后来那只螃蟹死了，爸爸怕他伤心，就说螃蟹冬眠，要很久才能醒来，还叮嘱千万不能动它。他就每天跟螃蟹说话，汇报自己学了什么字，数数能数到几了。直到第二年最热的那天，螃蟹仍然没有醒来，他大起胆子戳了一下，才发现螃蟹只剩壳了。小窦子哭得昏天黑地，手脚并用，边骂骗子边攻击了老窦。

见西西笑得停不下来，窦子也无所谓了。人嘛，总是喜欢把心理负担归咎于童年阴影的，但事儿就是这么个事儿，直到他长成挺大一老爷们儿，也再没养过任何宠物。说句肉麻的话，他真怕钟爱消失心血成空的感觉，再小的东西也是如此，除非他有了更强大的寄托。窦子说得太多了，自己都有点不适应。他钻进那辆满是狗的车赶紧走了，不知道为什么，后视镜里的西西好像一直站着没动。

◆ 西西

西西发现了韦超的网店，他卖的东西，是快餐店的各类纪念玩具，单个的，一整套的，数量多到远不可能是员工福利。他名字上闪闪的几颗钻石，像是一一扎在她的心上。那件让她每次都担心被揪出来的公交制服，那些假的“再来一瓶”瓶盖，是适合未成年的男孩偶尔为之的淘气行径。只有发生在他们身上，刺激和好玩才会大过道德的压力。如同在产生排异反应，一阵阵的厌恶从体内涌出，终于逼出了她的眼泪。

所谓不舍得，往往不是不舍得那个人，而是不舍得自己付出的心意吧。她不是没有设想过，在三十岁这一年结束十五年的感情，会像将她拦腰砍断一般痛苦吧。可一旦下定了决心，竟有种大功告成的快慰。他认为别人的崇拜应该延续一辈子，就让他这样认为吧，谁敢说活在昨天就不是一件好事呢?

她面前的相框中央，固定着一个团成小球的粉红糖纸，那年韦超第一次叫住她，递给她一块西瓜泡泡糖，说：“祝西瓜，你头可真大啊！”西西笑着，眼泪又成了串，该早点分手的，那样记忆里的韦超，就永远是那个走路带风的少年。

如果你已经知道每天守护的只是壳子，就该把“螃蟹”丢掉了。

◆ 狗

一只柯基和一只柴田在院子里分头大嚼，不远处一个穿着黄色吊带背心的短发姑娘，被摄像机遮住了大半张脸，正全神贯注地对着它们拍摄。

“还不给这俩孩子起个名吗？”

“费那心！一个叫短腿，一个叫大脸就得了。”谢女士挎着老窦回答道。

一首歌和它的创作过程

好想当王八蛋啊。马非太后悔把自己带进深情浪子这个坑了，能够轻轻松松当个人渣，值得少两年阳寿。

(一)

马非又红了，红得莫名其妙。说又红了或许有些不恰当，他唱了二十年了，知道他的还是那么一小圈人。时间久了，他只能把红不了说成是自己的选择，好像挣钱出名这些事有违他的情操和格调似的。他营造出了这样一种形象，也就只能过这样一种日子。说到底，特立独行只是个造型，如果真有人采访他的音乐梦想，实话是他希望姿态高冷地红，不由自主地红，不是我要红是全国人民非要我红地红。如今这一切在一夜之间实现了。

几个月前，他写了一首歌，在网上发了小样，像往常一样，收获了几十个赞，以及来自最铁杆歌迷的留言：活久见。真的，马非有几年没出新歌了，帮人编编曲，到音乐节上唱唱自己和别人的老歌，小钱不断，大钱没有，日子就这么滑滑溜溜过着，后台照样有等着他搭讪的姑娘，台下照样有人喊“吃月亮”——那是以前他乐队的名字。他看上去对生活和自己都挺满意的，“再不写我就完了”的恐惧，他绝对不会承认。

灵感迟迟约不上，马非终于开始发挥他密不告人的科学精神。他在纸上写下必需的元素：一座小城市，一条街道名称，一个具体的时间点，一个姑娘，一段对于日常的白描，一些带有意象的排比，最后把形容词改成动词，最容易传唱的几句呐喊加上韵脚。

他把可能用到的词码好，翻翻手机相册里的演出照片，目光停留在不久前去过的天水，他需要一个算不上时尚又不能无名的城市，最好没有出现在脍炙人口的歌曲中和热门旅游攻略里，这里刚好合适。马非像是摇滚界最优秀的程序员，异常顺利地完成了创作，如果说他写歌途中想起了什么，应该算是那个歌迷女孩给他买的荞麦呱呱。他多少年没吃过早饭了，对大清早吃重油重口的东西更有些抵触，谁想一筷子下去就没停下来。那个女孩叫小川，不知道谁带到收工局去的，看着年岁不大，听的却都是老歌，不笑的时候不起眼，一笑就露出一边的虎牙和另一边脸颊的酒窝。忘了谁讲了个笑话，她笑得停不下来，马非的酒也就差不多了。马非酒量很一般，说起来他根本不爱喝酒，但是他马非怎么能不喝酒呢？他必须为了逻辑喝酒，以符合旁人对他的期许。第二天马非在极其疲惫中醒来，嗓子也哑得厉害，那晚发生了什么他醉得没有印象，反正次日上午轻车熟路地说一些伤感又俏皮的话，对方就会露出感动而不舍的眼神。如果你因为宿醉而沉默不语，甚至有姑娘会伏在腿上为你痛哭。马非不以为荣，也没打算改，那就是他的生活。这首叫作《天上有河》的歌，没多久就成了。如果忽略这首歌方程式一样的创作过程，还是很容易被打动的。

马非之前的乐队有五个人，一个靠投资挣了大钱，一个出家了，上班的那个刚有了孩子，和马非最好的二风，现在在选秀节目做策划。就是因为二风的提议，有个女歌手翻唱了马非这首新歌，一下子火了。网友顺藤摸瓜找到了马非，像得了宝似的，把他之前的歌也扒拉出来顶成了热门。“我高中时候就听他的歌了”“老马早就该红了”“怀念‘吃月亮’”，一时间自称马非的老粉成为可以炫耀的事，他们表达自己早具慧眼时总会流露出深刻的痛惜，好像马非被大众认识，就破坏了他们的小众盟约似的。马非还接到了国外的商演，介绍人当然是他的“老交情”，在此之前很多年都失联的那种。马非演出归来，自香港转机，颇有些久违的志得意满，一下飞机他就打开手机，准备收获点新的赞美，他的歌当然没从榜单上下来，他的人竟然也登上了热门。下一秒，手机开始被狂轰滥炸。

一个网红发起了寻找《天上有河》女主角的活动，很快人肉出了马非在天水唯一的艳遇小川，经考证她是演出场所负责人的同学的亲戚，页面上除了一天天的无主情话，就是马非的近况，让人不相信都难。接下来的事超出了马非对网络文化的理解范围。

他接起二风的电话，二风结巴的毛病一着急就更厉害，啰唆半天马非才听明白，网友搞了个什么“五万个赞祝福有情人”的活动，两天就毫无悬念地集齐了赞，众筹出一笔钱送小川去北京与马非相会。现在已经有媒体跟拍全程，就等着见证爱情奇迹了。

已经有旅客认出了马非，对着他拍起了照。如果是十几分钟以前，兴许他还有点高兴吧，可现在他只感到被暴露的焦虑和恐慌。他第一次感到自己已经老到看不懂网络是一种什么路数了。

“你给我弄的这什么事，麻溜儿给我抹平了！”马非走到贵宾休息室低声吼道，“这我还怎么回家？”

“哥你……你……你还看……看……看不明白事……事……呢！别……别人做……梦都想整……整这么一出好……好……吗？巡回演……唱会就就就……要开始了，你……别……别以为……机会哪……哪天都有。”

马非愣了一会儿，电光石火般明白了二风的意思。

（二）

小川在马非家打扫起卫生，房间一点点亮起来，马非都有点不适应地板本来的颜色，垃圾袋越撑越鼓，大得像要去抛尸。刚才那个浮夸的仪式，团团转的媒体，围观者莫名其妙的眼泪和祝福，好像是梦里的事，眼前陌生的场景也是同样的不真实。小川显然也不是常干家务活的人，加上羞涩和紧张，磕磕绊绊，丢东忘西，腿上已经碰青了两块，擦地时两次撞响了架子鼓。

马非等着她先说话，小川却像停不下来似的。小川在网上写的东西他也看了，她好像也认定了那首歌是写给她的，并回以更深的爱恋。马非过了为女孩的爱慕自得的年纪了，现在他对伴侣的唯一标准就是“不麻烦”，而这在恋爱中几乎是不可能的。不幸的是，小川看起来就像一个大麻烦。他没来由地琢磨起这女孩这么做的缘由，她是想搭个顺风火一把吗？这太常见了。她要赖上他，甚至说肚子里有了他的种要结婚吗？如果这两种都不是……

小川结束了工作，脸红扑扑地环顾四周，像是在欣赏自己的劳动成果，却又忽然把几个靠枕从沙发上拿下来散扔在地上，把吉他歪倒，杂志翻开，酒瓶也重新摆回桌上，畅快地一笑：“这才是艺术家住的地方。”

马非一看她笑，才算回忆起了她这个人的样子，她却又红了眼眶。马非伸手想让她坐过来好好谈谈，却被她误认为是一个拥抱的邀请。她软软地趴在马非臂弯里流下泪来。马非把她撑起来正色道：“我得跟你聊聊。”

小川擦了眼泪，新的眼泪又涌出来．“不用聊了，你写给我的歌里，已经说得很清楚了。”

马非脸一热，继续刚才被打断了的思路——如果这两种都不是，那就只有傻这一种解释了。这是个傻姑娘，利用这段绯闻宣传巡回演唱会这件事，她靠演戏绝对配合不了，让她蒙在鼓里是唯一的办法。事后不要亏待这个女孩就是了，跟谁谈恋爱都可能失恋啊，又不一定是坏事。马非看着小川，仿佛在看一条被他点名要上锅的活鱼，已经准备好了安慰和歉意。

马非没想到的是，小川已经自己在外面另找了地儿住，还拜托帮她来北京的那拨人给她找工作。这一定程度上缓解了他的紧张，甚至让他生出感激。可马非就不明白了，“热心网友”到底是个什么邪门组织，别人的闲事管起来就那么有劲儿吗？

二风来请他们吃了顿饭，小川和他们认识的所有果儿都不一样，她自己不玩音乐，对圈子八卦不感兴趣，也不热衷于留下任何“证据”。她就像是马非胎里带来的一个媳妇，上辈子约好的伴侣，自然地娇羞着，也体贴着。二风都忍不住恍惚，这姑娘是不是已经跟他们一块儿玩了很久很久，只是他和马非在长达几年的时光里断片儿了。

“过了这个劲儿她要是不走怎么办？”马非和二风出去抽烟，一肚子愁。

“那……那不能。跟你处……处对象的女……女的，哪个不走？”二风劝人的技巧基本就是让你气得忘了原来为什么发愁。

站在阴影里，马非透过窗往饭馆里看去，小川认真地打了包，等了一会儿见他们不回来，又小心地拆开打包盒的一条缝，吃了几口又原样盖好，像小孩似的抹抹嘴，假装一切都没发生。马非扑哧乐了。

“你不会动……动动动动感情了吧？”

小川回头看到他们，趴在玻璃上高频率地挥手，好像发现他俩是什么惊喜似的。马非看了看她，叹了口气：“这事哪有头儿啊，差不多得了，也别吊着人姑娘。”

（三）

像他红起来一样突然，马非的事很快被别的娱乐新闻覆盖了。提起他们的事还有人知道吗？有。还有人主动提起吗？没有。谁谁又陷入抄袭门了，谁谁和经纪公司闹起来了，谁谁跟指导老师睡了，马非这朵微不足道的小浪花，早就翻腾没了。

更让马非烦躁的是，以前他收到一百条评论，有一多半都是问他“操粉吗”的姑娘，半真半假，逗闷子占主要成分，但看着总是愉悦的。现如今可好，评论倒是能有大几百，甚至上千，可内容除了祝福就是羡慕，小红花取代了“么么哒”，一串串心形表情步调统一地在屏幕上闪烁着，惨不忍睹。想到他可能因为这个深情好男人形象再也享受不到网上“送炮”待遇，马非在心里弹出一段绝望的 solo。对他来说这出戏没有继续下去的必要了，可他却不知道怎么提分手。历任女友都与他势均力敌，要么率先甩他，要么一个眼神一拍两散，如同没有试图拯救任何一段关系一样，他也从没有成为撂狠话的那一方，只要放出几分颓废和癫狂，对方已然避之不及了。可小川才刚刚开始享受没有外人打扰的恋情，每天忙着分享她的生活，对他刻意的冷漠视而不见，相反激起了她更多的表达欲。

“我上次这么高兴是什么时候？好几年前了吧。”马非看她兴致高昂，忍不住想，“她上次这么高兴是什么时候？半小时前吧。”

他必须做点让她不那么高兴的事，才能让她走。在温柔的注视下，他没办法工作或者假装工作。

马非故意闷闷不乐，撕乐谱，扔乐谱，发现扔掉的乐谱还要用又找乐谱，喝酒，偷偷咽着唾沫把小川做的饭放坏。小川就陪着他沉默，捡起乐谱拼好粘起来，留下新的饭食静静离开，第二天又欢天喜地地回来。看马非喝得闷了，小川干脆陪着干杯，一仰脖一杯，马非硬着头皮装瘾大的，醉得直想掏出肠胃和脑子摔在地上，小川还跟没事人儿似的给俩人拌凉菜呢。

挑了一天头不疼的时候，马非挑衅地问小川以前谈过恋爱吗，小川竟做出一种他的表情："我们就不要多过问彼此的过去了。"本来想发动嘲讽让她不适，人家却不费吹灰之力地避过去了，马非始料未及。

趁小川不在，他打电话给一个还偶尔联系的前任，问问"让对方主动离开你"的方式都有什么。这个正在海岛度假的姐姐一听他是要跟小川分手，先劈头盖脸臭骂了他一顿。她无论如何不答应扮演旧情复燃，最后给马非支了个招：你自残的时候最讨厌，恨不得装不认识你。

马非看着身上深深浅浅的疤痕，心想这我太擅长了。

可是他没想到，小川还是个练家子，有她摁着，别说刀啊火的，他连个牙签都戳不到自己身上。他唯一受到的伤害就是两只胳膊被拧到身后有点转筋。

"你跟谁学的这一套？"马非伸着胳膊，小川用红花油给他揉搓着伤处。

"跟我舅。"

"练的什么，搏击啊？还是泰拳？"

“太极。我舅是道士。”

马非被呛得泪流满面。感谢红花油，不然就得欲哭无泪了。

二风催促他抓紧排练，马非急眼了，敢情闹心的不是你。他想直接承认了，向小川和盘托出，她爱跟媒体怎么说就怎么说，让他自由就行。

“你……这时候说，你……就……就成王八蛋了。”

“我是啊。”

“你……你现在不……不是了啊，你转……转……转型了。”

好想当王八蛋啊。马非太后悔把自己带进深情浪子这个坑了，能够轻轻松松当个人渣，值得少两年阳寿。

马非豁出去了，他故意找人打电话让小川去酒吧接他，目睹他搂着两个陪酒的小妹——虽然他根本不好这口，拘谨得像刚高考完出来放纵的小男孩。

小川见到香艳场面做出的举措，打死马非他也想不到。她冲进包厢脸色一沉转身就走，正当马非以为大功告成准备鸣金收兵之际，小川匆匆回来，把小妹拉到一边一人塞了一盒安全套。两人尴尬地回望马非，马非在一片延迟的哄笑声中起身拉着小川就出去。

一般人把对象处到这份儿上难道不该泼一脸饮料留下俩耳光

转身走人吗？她不，她非要理解你创作的痛苦，非要体谅你压力太大，非要认为你这么做一定有什么理由，而这个理由和两人间的感情无关。

“我说你是不是有什么圣母情结啊？”马非快崩溃了，“你就不生气吗？”

“接下来一段时间你会很忙，正是两个人要互相支持的时候，你什么都不用解释，我没事的！”小川扑进他怀里，头发上沾染着一点陌生的烟味。刚才他故意没让人说在哪个包房，让她一间间找，在慌乱中突然看到那个场景，可发生的一切又跟他想象的不一样。他闻着这一点烟味，作势推开的手泄了劲儿。

马非觉得再这么下去他就垮了，有了稳定的价值观后，这是他的生活第一次难以自洽。

二风给他的经纪人出主意，干脆让他继续用这件事宣传，趁还有余温再炒一回。具体措施就是沿途求婚，巡演各地每一站都来这么一出，热闹嘛，谁不乐意看呢？买票看名人求婚，演唱会算送的，听着都挺值。至于分开，就说聚少离多呗，距离产生隔阂呗，各自都有了新的生活半径呗，详情参考明星们的分手公告。你俩一时也分不了，不用白不用。

马非总觉得小川不会同意，我喜不喜欢她她看不出来吗？她也不傻啊，这孩子学东西背字有多快简直能吓死人啊。

可小川想都没想就同意了。马非从来没猜对过。

（四）

马非又成了热搜。

小川大概符合民众对最终归宿女主角的全部想象。相隔千里的奇妙缘分，朴素美丽的小城姑娘，纯洁动人的一见钟情，历尽艰辛破镜重圆，在他人生最低谷的时候不离不弃，在他重整旗鼓的时候站在身旁。因为女主角的普通，他们能移情脑补出一万种浪漫。如果马非每次下跪送上一个纸叠的戒指收获的是一阵叫好，那小川只是站着就能赢得满场眼泪。

一站一站，六个城市，大半年的时光。马非已经很多年没享受过音乐和表演带给他的这种激动和愉悦。他回到了刚拿起这把琴的时候，眯着近视眼望着台下模糊的微光，胸中热情充溢，振翅欲飞。

只是累了小川。她做着助理的工作，又要表演即将成婚的恋人，把马非和整场戏安排得井然有序。这是最后一次彩排，她在后台的单人沙发上整个蜷起，睡成一种童年。

马非上前抱起她，准备把她抱回酒店睡，小川猛一睁眼，说纸戒指掉了，一跃而下。从地上捡起来戴在手上，又迅速恢复了迷糊，重新把胳膊挂上马非的脖子，腾地跳起，幸亏马非捞得快，她才没落空。马非抱着怀里的人，忽然泛起奇妙久远的情愫。

他用脚关上门，在门廊犹豫着要不要把她抱到自己床上。他下了狠心，就抱到他床上又怎么样呢！全中国都知道他们是两口子啊。他放下小川，恶狠狠地脱掉她的鞋子，拿在手上半天，最后轻轻放到地上。

马非径自去沙发躺下，在黑暗里睁着眼，好像有什么吓人的东西，藏在左近。

那场演出异常成功，马非如有神助，台下的观众也似中了魔咒，跟着他纵声齐高唱，跟着他起舞弄清影。那一天他和小川也完成了求婚大满贯。他熟练地跪下，耳边响起意料之中的掌声和欢呼，他却被小川眼中一闪而过的倦怠击痛了。他听着她准备好的对歌迷的陈词，觉得她太过理智和流畅的表达破坏了此时应有的意境，他恼羞成怒，他几近失态，他觉得被伤害了。怎么会因为他本来绝不在意的事情生气呢？马非心慌意乱，如同追捕猎物的途中坠入陷阱。

这条巡演线算是一路向西，沿途走来，她熟悉的地方风物越来越多，她热心地跟每一个人介绍衣食住行。回去的路却是离她的家乡越来越远了。小川忙得没有时间回家，只是戴着眼罩跟父母语音通了电话。她提议回程坐火车，马非答应了。减速玻璃上的风景渐次掠过，小川的头一直扭向外面，看不出要跟马非交谈的迹象。

“问你什么时候结婚了吧。”马非愧疚里有些酸楚，不知道自己在渴望些什么，“有没有说起我？”

“没有。我告诉他们，都是假的，那只是我的工作。”

“什么？”

“我知道你不喜欢我。”小川淡定得像在接受采访，“回北京我就走。”

在小川叙述初期，马非恨不得把这一夜从时间线上统统抹掉。他向这个刚刚认识了三四个小时，连全名都不知道的小姑娘，吐露了他人生几乎所有的秘密，如果你也刚好听到，笑话。孩提时的噩梦和委屈，少年时留下的悔恨，憋在心里不能向父亲说的话，对各奔东西的兄弟们的想念。

“对了，你还说了你是怎么写歌的。”小川憋不住笑了，虎牙像一枚闪烁的小利器。

“啊……”马非像被烧了一下，在她面前，这是全世界他最不愿面对的真相，他的声音干涩暗哑，让他想到之前一个个宿醉醒来的清晨，听到自己开口的厌恶，“你知道了。”

“我知道，但歌还是很好啊，歌词像诗。”

马非强迫自己从无地自容中振作起来，想问明白她为什么明知真相还愿意帮他演完，忍受着那么多的难堪：“为什么帮我？”

列车员推来一些水果零食，小川肘了他一下，像一般女朋友一样噘起嘴巴露出渴望的神色。马非慌乱地翻口袋，一通折腾也没找到分文。想去行李架上拿包，小吃车已经推走了。小川把自己的钱包递给他，马非接过来追到车厢连接处，没多久捧回了高高一摞各式水果。他压低着棒球帽檐，匆匆回来，幸亏卧铺车厢的人多躺着专注在手机上，否则这样一个人经过，难免要侧目的。

拿她的钱请她吃水果，马非很有些抱歉。小川拆开每个盒子，狡黠一笑：“那是你的钱。公款。”

“我不是帮你，是帮那个高三的男孩。”

马非一愣，推开她递到他嘴边的哈密瓜。他高三肄业之后开始卖唱，这是熟悉他经历的人都知道的事。谁都以为他是憎恶体制，厌恶高考，以为他年少叛逆，又迫切地要创作才不走寻常路。然而事实并非如此。他曾经因为辍学，经历了一整年与世隔绝的消沉。

（五）

十七岁的马非是学校的风云人物。

在那所以奥林匹克竞赛闻名的重点学校，玩摇滚的马非无疑是个异类，更让校方反感的是，他还有了一批小粉丝，时不时就撺掇一场迷你演出。校方为了安抚和管教，让年轻的老师经常找他谈心。其实谈心有什么用呢？无非是占用他的时间，让他少出幺蛾子而已。马非和白老师就在谈心中互相吸引了。

看模样就知道，刚刚毕业的白老师是个乖乖女，她本来不是音乐爱好者，在和马非的一次次聊天中渐渐爱上了摇滚，迎来了她迟来的青春躁动。马非当时已经跟闹着玩似的谈了好几次恋爱，白老师却是初恋。不用再形容你就懂得那种白衣飘飘的恋情，是多么动人。课堂上同学们低头做卷子的安静瞬间，只要他们隐秘而默契地相视一笑，就能在马非心里燃起熊熊大火。

然而他们多一分对对方的眷恋就多一分危险，拥吻的场景终于被人看到了。

和她失联一整天的马非疯了一样，白老师已经吓得丢了魂，没有哪个她这样的姑娘会做好丢掉工作和身败名裂的打算，除了持续的哭泣再没有别的办法。马非在她身边抽烟抽到快要发不出声，告诉她："你去跟学校说，就说是我强迫你的。有什么处分我背着。"白老师摇着头不肯，伏在他的肩膀上眼泪如注。马非闻着她头发上淡淡的烟味，柔情又悲壮。等他毕业了还可以再回来找她吧，只是她可能再也没勇气和他走到一起了。

白老师最终还是按照他教的说了，说马非用强，她怕声张出来影响他高考才没有主动举报。她成了受害者，再没有人谴责她，当然也就保住了工作。似乎所有人都对这样的"真相"更加认可，好像他们早就知道马非会做出这种事来，好像他历来如此。学校给他记了大过，但仍然让他参加高考。临近考试的时候，马非在白老师回家的路上等待，想跟她说两句话，白老师一愣，见了鬼一样尖叫着落荒而逃，仿佛他会再次像她叙述的那样袭击她。马非在路中央站了很久，久到所有好奇的目光都丧失了兴趣，自动从他身上挪开。

马非离开了学校，又一次验证了他叛逆者的身份，似乎也坐实了指控。他烧了信，撕了照片，扔了礼物，替她销毁了所有相爱的证据，从此再没有念念不忘，也没有仇深似海。

小川就是从这个故事里，看到了另一个他。

“别按照别人眼里的你来生活。太累了，马非。”

列车开进了隧道，马非的泪赶紧掉下来。

（六）

马非恢复了一个人的生活，最近唱了太多遍的那首歌，会不由自主地无声盘旋，他时常觉得如果现在再写一遍，这首歌一定会不一样，可哪有重来的机会呢？小川什么也没留下，也什么都没带走，不，她可能带走了六个纸折的戒指。他们在宣传演唱会的时候，曾经把六个纸的换一个钻石的作为一个梗。

小川建议等这件事沉淀一些日子再说取消婚约的事，如果他没有新恋情需要交代，这事再不提了都行，反正她不急于脱身，别人怎么想她，她根本无所谓。

这种洒脱是马非在她走后仍然在学习的技能。

与她的相识就是一场接一场的巧合，一段又一段的似是而非，在几千人的会场里，她只是偶尔前来消遣的年轻人，而他是众多演出者中孤身奋战的一个。平凡如他，猜不出开头也猜不出结局，唯一能确定的是，就是他总想再给她写一首歌。确切地说，是第一次给她写一首歌。

“哥我……我……我怎么有……有点想她，小……小川。”二风坐在他身边，听着他用吉他试弹，忽然说道。

“谁不是呢？”马非心想，“不如真的买一钻戒，去试试看吧。”

②

Chapter

遍插茱萸

◇王一科的耳朵和胳膊都麻了，警笛四下响起。可他并不想走，只想确定忆慈有没有听到他答应过她的鞭炮，他徒劳地大喊着忆慈的名字，告诉她刚才听到的就是鞭炮，告诉她爸爸在这儿。他知道这下要惹麻烦了，那又怎么样呢，这之后，他只是她人生中一个可有可无的阶段，不再是父亲和榜样。

高处的你

年轻的人呢，总把事业规划得很短，爱情规划得很长，后来却发现，恰恰相反。

◆

2050年，47岁的艾博妮·华盛顿走进塔吊操控间，在新建成的港口缓缓升起了自己。沿岸新建成的仓库已经连成长线，过不了多久，这里就会热闹得多了。她把操控间方向调了一个方向，白亮亮的阳光把河面拉扯成碎片，每一片都争先恐后地耀着眼。她降下遮阳板，拿出吃了近三十年的工作套餐——放很多芥末的烤鸡加美式起司三明治，巧克力饼干，今天不用工作，她还带了最爱的窖藏啤酒。

这是本地最后一台仍可以由人类操作的塔吊。当年她为了得到这份工作学习了八个月，可现在的机器从出厂那天就可以全自动工作，它们会自行组装和行动，在漫长而毫无差池的工作期间自给自足，不需要休息和保险，更不会抱怨。艾博妮还记得，开上这台机器的时候，她刚刚结束第二段婚姻，老工友们为她庆祝了一番，祝贺她即将开始新的生活，还一起用人脸识别系统的监视器合了影。

而现在的工友得知她要登高与这台机器告别，只会耸一耸肩表示不解：如果你要看风景，虚拟头盔的效果不是好得多吗？

她打开啤酒，一缕雪白的泡沫静谧地涌出来。

◆

王一科和程然夫妻俩调了班，一起从工作的超市出来。两年了，他们跟其他店员的交际还是停留在几句日常问候上。偶尔有小伙子“呼哈”一声，模仿《猛龙过江》或者别的什么袭击到王一科面前，他也只能嘿嘿假笑着表示赞叹，略过他一部李小龙电影都没看过的事实。程然把本地人那种绽得很开的笑容叫作“外国人笑”，随时随地露出八颗牙，是她即使换了护照也得不到的技能。

王一科走得很快，背又驼，不管他是不是真的累，从后面看去总感觉奔波劳苦。程然习惯走在他右边靠后一点，见他驼得厉害了，就敲敲他的背，王一科得到提醒，总能挺直几分钟。路过北京奥运会的广告牌，程然想起上次房东跟她攀谈，问她会不会回家乡看奥运比赛，她只好说自己不是体育迷。跟他解释自己的“家乡”坐火车去北京要四十个小时，实在太麻烦了。两人提交的领养申请刚刚通过，今天是被约去面谈。两人双双被诊断出不易怀孕的事，他们还没跟国内的父母说起过。

夫妻俩早就商量好了，婴儿或幼童都可以，最好是东亚血统，将来见了亲戚也省得交代。男女无所谓，健健康康，能引来下一个就行，程然内心是这么想的。在她早年的人生经验里，很多难以怀孕的夫妇收养小孩，都是为了“引出”自己的骨肉。家里有个小孩就会容易生小孩，是她作为留美硕士仍然难以放弃的迷信。

工作人员很能理解他们的要求，只是这里的小朋友远远没有他们想象的那么多，他们可以先留下资料，等待少女妈妈的联络。如果要领养已经出生的亚洲小孩，回中国找应该更容易，尤其是女孩。

工作人员说完似乎觉得不妥，赶紧为自己表现出的刻板印象表示歉意。程然和王一科都愣了一下，如果不是对方道歉，他们根本没有感受到被冒犯。

虽说本来也没以为很快就能成功，这样的结果还是难免让人失望，夫妻俩被邀请各处参观，也就颇有些心不在焉。王一科走进活动中心，看到一个五岁左右的黑人小女孩，独自在窗前坐着，腿伸在桌子下面看着外面玩闹的小伙伴。小女孩眼睛浑圆明亮，整个人在阳光下闪着刺绣一般的光芒。

工作人员顺着王一科的目光看过去，“她曾经被其他孩子嘲笑过，我们已经教育过那几个小孩，也让他们道歉了，但她自此腼腆了许多，恐怕要再过一段时间才能恢复。你知道，我们也不想逼她太紧。”

王一科不明白这个女孩哪点会被嘲笑。

工作人员无奈地指指自己的脚。王一科和程然得到提醒，这才发现小女孩藏在桌下的脚，对于儿童来说，的确大得出奇。程然忍不住抿嘴而笑，王一科再看看女孩，无端生起一起亲近感，像这样把脚藏着放的女人，他从小就见过。

◆

王一科是奶奶带大的。奶奶本来缠了小脚，后来家里败落，要送她去别人家做工，便又给放了。兴许是自由来得太突然，那双脚乍一透气，见风就长，等她知道羞了再想缠起来，脚已成舟，早就来不及了。从此她走路就快快地走，一旦坐下就把脚缩起来，生怕人当面取笑。爷爷是她东家最小的少爷，退伍后当了铁道职工，回家第一件事，就是把这个喜欢飞跑的姑娘娶了回去。

在这等西南乡镇，就算是天足，女人中也绝少见到这么大码的脚，奶奶没处买鞋，也不愿去试，总得自己做。她这辈子干什么活都利索，唯独针线是个短处，做的鞋子要么下地就磨脚，要么两天便开线，更别提式样美观了。爷爷走南闯北，到哪儿都先打听鞋店。奶奶的脚是 45 码，爷爷 43 码，爷爷总穿上两双厚袜试鞋，末了让店员包起两双，“另一双捎给我兄弟。”这个为大脚害羞的女人自此穿了一辈子兄弟款，也就再没为鞋的事作难。王一科从小没少见奶奶骂爷爷，爷爷也不回嘴，让孙子把奶奶的鞋拿来。小小一个人举着大鞋踉跄走来，远远看着，奶奶就笑起来。

被一个与奶奶相差七十岁的异国小女孩勾起乡愁，说出来都觉得太过牵强，比这更离奇的是，王一科问出一句连程然都吃惊的话：

"如果我们给她一个家，她会不会恢复得快一些？"

◆

小女孩已经有名字了，王一科念着触动他收养她的那段缘由，想给她改名忆慈，英文名就叫 Yeats。领养程序已经启动了，没几天孩子就要来了。这天程然掉了半天脸子，也没见王一科主动关心，终于憋不住了，把问题一个个抛出来，怎么跟家里交代？回中国探亲孩子会不会被少见多怪的亲戚笑？附近有没有合适的学校？这是程然的习惯，做决定的时候永远不参加意见，不说反对，只在马后放炮，王一科也只好次次为自己莽撞和愚蠢道歉，对她自始至终的隐忍和智慧甘拜下风。可这次不管她怎么说，王一科都没改口，还一脸听不懂的样子：你不是就为了引出自己孩子吗？将来有了自己的一起带回去不就行了，又不用别人养，管他们怎么想的呢。

没引出来怎么办？这话程然不敢开口，她怕不吉利。既然说不出口，也就不能当作一个理由了。王一科见她闷闷不乐，只好假装刚刚意识到问题的严重性，征求她的意见。程然早就有了解决方案，只是要强调一下她做出的牺牲。王一科把真心实意的感谢和敬意夸张到合适的程度，程然果然心满意足地叹着气，起身准备忆慈的床铺去了。

◆

一切顺利的话，明年开学的时候，忆慈就会以他女儿的身份到那所小学去了。王一科每每在路上看到黄胖黄胖的校车，就有了劲头。出乎他意料的是，程然迅速进入了母亲的角色，忆慈也适应得很快。收养人回访日就要到了，王一科觉得简直没有比他们更和睦的家庭了。趁着超市打折，程然一口气给忆慈买了好几双鞋，冬的夏的，现在穿的，过一两年穿的。忆慈好像更喜欢比脚大的那几双，趿拉着满屋乱跑，把程然抱了，说爱她。

像是找不开零钱随手买的彩票中了大奖，程然的惊喜掺杂了很多不安的成分。

程然辞去公司财务的工作到超市管仓库，就是因为不愿跟人打交道。把扫码枪对准二维码就得到一声“嘀”，比你来我往的客套话简单得多。她和王一科在一起，很大程度上也是因为他同样对人情冷漠。唯一不同的是王一科只在意她，程然还挂记着娘家，隔天总得跟父母视频聊聊天，可家里多了口人的事，她始终没敢告诉他们。

为了看到他们真实的生活情况，社工西蒙没打招呼就来了。家里干干净净，正在做饭的程然还是赶紧收拾了几下。小女孩正熟练地操着筷子，专注于老醋花生和萝卜皮之间，把这几种色拉样的东西吃得爽脆有声，见社工来了放下筷子，起身鞠躬问好。程然端出热菜邀请他一起吃饭，西蒙看到其中一道主菜上满满都是辣椒，赶紧笑着谢绝。

西蒙翻了翻忆慈的书，看着儿童房墙上的九九乘法表露出些许疑惑的表情，王一科解释了乘法表的功能之后，那团疑惑倒变得更大了。西蒙填满了他带来的表格，让他们夫妇签了字。送走他，王一科突然多了忐忑。

忆慈来的时候十以上的数不会加减，儿歌不会几首，钟表也不认识，远远达不到王一科对五岁儿童的期许。好在她记性好，没几天已经背会了乘法口诀和几首不明其意的古诗。“白日依山尽，黄河入海流。”“锄禾日当午，汗滴禾下土。”“儿童相见不相识，笑问客从何处来。”“人间四月芳菲尽，山寺桃花始盛开。”王一科把他认为这个年纪的小孩能背的全教了个遍。由于夫妻俩在家都说中文，忆慈没几天就学了很多单词。王一科总想在她身上找到什么天赋，给她画画，她把笔搭成了积木。王一科又猜想，该给她进行一些与音乐有关的教育，自己又不会，便买了一台收音机让她自己听。忆慈不怎么爱听，她和新爸爸妈妈一样喜欢静。王一科再见到那台收音机的时候，它已经被忆慈拆成零件了。

◆

领养中心打来电话，说得到社工的回馈，要找时间跟他们见一面。接到电话的时候王一科正焦头烂额地把忆慈送去医院，只好假装若无其事地忍受着心急如焚。忆慈得了流感，喝了程然熬的姜糖水之后，咳得更严重了，这才叫了正在上班的王一科回来。

程然也是委屈。感冒了谁不先喝一碗姜糖水？谁知道这孩子的体质跟国内小孩不一样呢！没吃过猪肉，也是看着猪一路跑大的，怎么到这儿就不灵了呢？等待期间她买了一根验孕棒，撒气一般凶猛地尿了，可惜力道改变不了结果，程然看着细细的一道杠，心烦意乱。王一科抱着睡着的忆慈去拿药，忆慈挂着他的脖子，小小的大脚晃来晃去，纵使在这里也还是会让人多看一眼。程然在那些目光里，怎么都无法向他们走去。

王一科揽着忆慈讲完英文版的成语故事，靠在床头也合上了眼，醒来时书已经被压折了角，她枕着王一科的手臂，右手蜷曲在他的掌心里，成为床头灯下一深一浅两个温柔的晕影。王一科心里柔柔软软地走出去，却看到程然守着一杯已经泡成深红色的茶水，坐在客厅一动不动。

领养中心延长了他们的考察期，说王一科的家庭教育太过传统和偏狭，会影响孩子融入美国社会，学太多东西对她的身心也是一种负担。如果下次回访还存在这种问题，忆慈可能会被带走。王一科诺诺点头，他已经很多年没体会那种想低声下气恳求的心情了。

以前王一科总被程然半逼着跟她的父母多聊几句，最近却发现她很少提起。你不是忙嘛，程然解释说，带孩子去骑车吧，让她多出去跟小朋友玩玩。

王一科见忆慈跟社区公园的孩子们玩得高兴，很想叫西蒙来看看。多教她一点知识，怎么就影响她融入社会了？忆慈跑得一头是汗，王一科见天晚了，怕她刚好了病又着凉，提前带她回家。

忆慈进门大喊了一声妈妈，背对着他们的程然一惊，扣上了笔记本电脑，装作若无其事的样子起身给父女两人倒水。家里电话响了，王一科刚要接，被程然抢步上前拿了过去，跟对方敷衍了几句就扣下了。

王一科重新点亮屏幕，屏幕上是强行挂断的与家人的视频聊天。程然见王一科把忆慈送进房，赧然又占着理似的，说我爸妈还不知道她的事，我也不打算告诉他们。见王一科不说话又说，没什么对不起她的，总不能所有人都要爱她吧！这孩子可怜，我们对她好，但不能耽误咱自己的生活。

王一科不可置信的神色一闪而过，恢复了耐心说，我们对她好，是因为我们是她的爸爸妈妈，不是因为她可怜。咱自己的生活，就包括她啊。

程然冷了脸，王一科，你差不多可以了，凡事都要有个度！

程然的小脾气王一科见得太多了，多到他已经摸索出固定流程。冷却——服软——诚恳的认错加调节气氛的玩笑——做家务活并做砸点什么——引得程然帮忙，和好如初。

今天他已经做到最后一步，碗已经碰响了好几回，洗衣机也重启了几次，连忆慈都出来帮忙了，程然还是没动静。王一科觉得他最近可能是冷淡了程然，为了照顾忆慈，两人也不再一起上班了，不复以前那种生活中只有彼此的生活。要拉她到新生活去，恐怕还是要给她留一些旧生活才行。他先哄睡了忆慈，把饭菜端进程然卧室，打开她最近追的剧，钻进她旁边的被窝。僵硬地弓着背的程然，终于柔软下来。王一科提醒自己要加倍热情和小心起来，现在他可是有两个女人的男人了。

◇

王一科给忆慈带回来新的睡前故事，在中国城买了每种肤色的冒牌芭比娃娃各一只，还把美国地图糊在了九九乘法表外面，做足了面子功夫，也正式把中国开蒙教育工作转到地下了。

西蒙再来的时候，忆慈表现得美国多了，王一科向西蒙展示着她和新朋友游玩的照片时，甚至带了些美式口音。西蒙赞赏了他们的改变，说新移民父母有些文化观念上的不同是很正常的，但孩子还要在这里度过一生。王一科频频点头。

可王一科，将来总要带忆慈回中国探亲的，虽然在程然面前说得强硬，内心还是隐隐害怕有任何一个人觉得这孩子不好。为了从相似背景的老人那里得到意见，他甚至带忆慈去了华人养老院。

这么大脚板，还是让她去练跑步好。开始老人们没表现出王一科料想的热情。

您这是刻板印象。我倒觉得这孩子适合学文学。他绝不会忘了替忆慈说好话的。

忆慈终于迈着一双大脚啪啪啪走上台为大家表演唐诗朗诵了，老人们久居海外，见一个外国小姑娘把“离离原上草”和“低头思故乡”脆生生地念出来，不由得又哭又笑，争相把她搂进怀里，叫她黑丫。忆慈得到鼓励，三天两头要来玩，为了表演会囫囵着多吞几首诗，回来的路上，蹦跳得也格外欢快。

那天忆慈看到一位奶奶床头贴的全家福照片，白白的雪地里，一挂长长的红鞭炮正炸出金光，一家老小站在旁边，捂着耳朵，大张着嘴笑着。她指着鞭炮问王一科这是什么。王一科告诉她，那是能把妖魔鬼怪赶走的魔法。等她再长大一点，他一定会带她去看。王一科看着老人们贴在墙上各自家乡的风景照，大江大河，山峦田野，自言自语地说，风景是要站在高处看才好看。忆慈郑重地点点头，好像她也有同感似的。

这天是重阳节，王一科陪着忆慈给爷爷奶奶们唱《东方红》，这是爷爷奶奶们推选的想听的歌。忆慈的表演刚刚结束，王一科的笑容就凝固在脸上。西蒙正黑着脸，不知什么时候开始站在了门口。

王一科被通知要把回孩子送回领养中心。他无法证明自己是个能给孩子良好教育的家长，纵容别人对她的种族歧视言论，还给未成年人灌输政治倾向。王一科想不明白，学两首歌能对孩子造成什么恶劣影响。可不管他怎么据理力争，西蒙一直向领养中心的人强调那首歌的政治意味。

让王一科没想到的是，那群老人从养老院赶来了。老人们有的腿脚不便，有的英语不灵，互相帮扶着搭车找到领养中心，来为王一科求情。你怎么能因为一个父亲用他的语言教给女儿唱歌而夺走他的孩子呢？你怎么能因为一对父女想为孤独的老人纾解寂寞而将他们分开呢？人怎么能因为善心受到这样的惩罚呢？没有人关心过我们除了生存还需要什么，我的女儿嫁给你们美国人，我不能去他们家住，也回不了国，让小朋友唱了一首我们熟悉的歌，就是害了她吗？一个老太太说着哭了起来。

领养中心自从建成那天到现在，一共也没出现过这么多位老人。工作人员被骂得天昏地暗，惊恐和惭愧交迭而来，在最后那个老太的叙述中很快就宣告崩溃，西蒙也不便再多话。

忆慈又可以跟着王一科回家了，她对刚才差点发生的变故一无所知，王一科抱着失而复得的女儿，挨个儿向老人们鞠躬，一群人站在领养中心门口，争相哭了起来。

◆

程然这几天对王一科格外温柔起来，王一科本以为她到了排卵期，想多亲密亲密，后来才明白，她表哥要来度蜜月，她想招待他们住在家里。王一科一口答应，连接送机带景点陪游都承包了下来，程然等他讲完才说出真正想说的话，她想把忆慈藏起来。将刚刚争取回来的忆慈随便找个地方寄养，王一科怎么也做不出来。他只能尽力把表哥的一切行程安排妥当，来弥补程然。

程然知道，在这件事上斗不过他了。她总不能百战百胜。她向表哥和盘托出忆慈的情况，表哥表嫂一副她多虑的样子，该吃吃，该玩玩，一句多余的话都没有，临走也带了足量的大包小包。程然特意交代两人不要让她父母知道小忆慈的事，谁知道他们回去的第二天，消息就七传八传地来了。

程然在美国跟黑人生了小孩的事，在家乡成了大新闻，程然的父母也跟着成了笑话。她的黑人婚外恋对象长什么样都已经栩栩如生了。程然天高皇帝远，可她的父母却成了没处解释也无法逃脱的被羞辱对象。

除了把一切怪在王一科的头上，她不知道该做些什么。随着事情愈演愈烈，她终于对忆慈丧失了耐心，逼王一科在她们中间做出选择。放弃忆慈，跟她回家度假，让谣言不攻自破。要么她一个人回去，从此各奔东西。

◇

王一科在漫长的思考中矛盾了一夜，终于问出一句话。养老院的事是谁告诉西蒙的？

西蒙怎么知道他和忆慈在那里，怎么知道那首歌的寓意的，一直是他不愿仔细想的事。如果程然跟这件事没有关系，甚至她矢口否认，他都会做出她想要的决定。可是程然只是沉默着，沉默到让王一科的血在这片寂静里凉了下去。

程然走之后，王一科三天没有上班。忆慈学着妈咪平常的样子，泡麦片，热吐司，喂了自己和爸爸三天。就在王一科振作起来的那天，西蒙和领养中心的人带着律师来了。他们得知程然和他离婚，只能把忆慈带走了。西蒙说他们很为王一科难过，但这和之前的情况不一样，单身男子是不能领养女孩的。这是规定。

我知道了，因为我失去了妻子，就要失去女儿。这是规定。王一科一遍遍徒劳地重复着。

忆慈被带走的时候，哭得肝肠寸断。王一科站在门里不敢出去，环视着这个突然空荡下来的家。半年前我有一个妻子，几个月前我有一个三口之家。门缝里透进锋利的冷风，冬天，可来得真快啊。

◆

下雪了。这是个不怎么下雪的城市，恐怕忆慈记事起，还没见过这样的雪吧。王一科抱着一挂火一样的鞭炮，爬上领养中心正对面的塔吊。

他用一根木棍儿挂起鞭炮，划了一根火柴点着尾端，向外一甩，同时把木棍儿伸了出去。震耳欲聋的炮声中，红艳艳的碎片在风里迟迟不愿落下，像红色的雪花一般朝雪白的地面飘去。

王一科的耳朵和胳膊都麻了，警笛四下响起。可他并不想走，只想确定忆慈有没有听到他答应过她的鞭炮，他徒劳地大喊着忆慈的名字，告诉她刚才听到的就是鞭炮，告诉她爸爸在这儿。他知道这下要惹麻烦了，那又怎么样呢，这之后，他只是她人生中一个可有可无的阶段，不再是父亲和榜样。

◆

艾博妮调整着塔吊的方向，红色的长臂探出去，像是在冲河岸致意。她想起第一次登上塔吊的时候感到的头晕目眩。那年她十八岁，觉得这份工作有一种无聊的酷，她愿意也完全可以做五年。

年轻的人呢，总把事业规划得很短，爱情规划得很长，后来却发现，恰恰相反。金光一晃，夕阳突地沉入水底，耀眼的红色渐渐在河尽头消失。她也举起手臂，和红色的钢铁手臂平行，朝着开阔涌动的水面举起她最后一口酒。

艾博妮忽然想到两句不明其意又似乎很应景的中国诗。早就忘光了中国话的她此刻不假思索地念出两句来自一千多年前的诗歌：

孤帆远影碧空尽，唯见长江天际流。

秽物之下

既然今后要面临漫长的痛哭，那现在就不必流眼泪了。人不可能有那么多眼泪，到时候流不出来，可就难受了。

◆

庄圆把存折递给爸爸的时候，看到了他眼中一闪而过的狂喜，瞬间她想起妈妈的种种警告，那些恐吓迫使她的手往回一撤，可这时她已被爸爸抓着腕子搂进怀里。爸爸摸着庄圆柔软泛黄的头发，承诺再也不赌了，这钱他取出来给家里修修门，给妈妈买一件新衣服，等她不生气了，三个人就好好过日子，像以前一样。

“每天都回家吗？”

“每天都回。”

庄圆撒开手，钩住了爸爸的小指，那张曾在撕扯中布满褶皱的存折，和上面可怜兮兮的数字，对她来说，一点都不重要。

爸爸这次给她带的玩具是一个毛绒北极熊，熊身穿过四根绳子，控制着它的四肢，一拉绳，小白熊就会手舞足蹈。绳子不怎么灵敏，熊总是同手同脚，两腿还抬不了一般高，然而比起一个灵巧精致的熊，庄圆倒宁愿它有这样的憨态。

哪怕在最潦倒的时刻，爸爸每次回来，都会有一份给庄圆的礼物，她日夜守望的孤单也就在这一刻欢欣雀跃。唯一没买东西的那次，他翻箱倒柜找出半包粉丝，给噘着嘴的女儿表演魔术。细细干干的粉丝在蜂窝煤残灭的火头里膨得又白又胖，放进嘴里竟然有爆米花的味道，小庄圆对爸爸的崇拜也随着火光膨胀开去。那天妈妈回来刚要发火，看到她咯咯笑着偎在爸爸怀里，盛怒烟消云散，滴着泪，咽下女儿递来的烤粉丝。

爸爸就是节日。

◇

爸爸把存折塞进口袋，把庄圆从膝上放下，要她在家等着。庄圆见他立刻要走，失望和惊慌同时涌上，爸爸捕捉到她凄苦的小表情，笑着揪揪她两边的耳朵说：“那就跟我一起去。”

庄圆高兴坏了，她已经很久没有跟爸爸出过门了。

北方的夏天，树木一一静止，胡同好像也打盹儿了，副食店挂上了墨绿的窗纱，冰棍儿冷饮的招牌上落着黝黑碧绿的几只苍蝇。走着走着，爸爸痛苦地松开了牵着她的手，捂着肚子说吃坏了，把钱包塞在她手里让她乖乖站在树荫里等着。

公厕的臭味像热气一样冲出来，把人整个包围。不断有穿着大裤衩光着膀子的男性，拿着报纸或大蒲扇走进去。庄圆站得远了些，盯着惨白的墙围上凌乱的脚印。人为什么要踹墙呢，仅仅因为它是白白的一片吗？她出够了神，拿出小白熊来消磨时间，却发现绳子缠在了一起，小白熊不能动了，她心下焦急，绳子却越拽越没有余地，用力一扯，控制左臂的那根竟断了。庄圆右手拿着空落落的绳子，想向爸爸求助，才忽然发现已经不觉得这里臭了，想必是已经待了很久，久到脚不知道什么时候站麻了。打开钱包，里面除了一张叠成心形的两元纸币，只有几年前的一张全家合影——儿童乐园门口，公主庄圆骑着一匹假的白马，扭头微笑着，打扮成国王和王后的爸爸妈妈，就站在她脚下。

从未经历的恐惧把庄圆定在了原地，比这更强烈的恐惧又驱使她冲进厕所，寻找爸爸的身影。撒尿的男人突然见到有小姑娘跑进来，收也不是，继续也不是，张手捂着，同时喊她出去，庄圆置若罔闻，朝长长一排无遮无拦的蹲坑奔去。一个男人，两个男人，肚子从蹲着的两腿中央垂下来的男人，全身皱纹坐在塑料助便器上的男人，攥着报纸发出悠长呻吟的男人，专心扭转俄罗斯方块的男人，朝外蹲着露出惨白瘦弱屁股的男人……没有她的爸爸，都不是她的爸爸。如果爸爸还在这儿，她一定会在恶臭里拥抱他，拥抱一个她险些错怪的伟大情感。

围墙缺的一角下那摞摇摇欲坠的砖块破释了她残存的信念。他逃走的破洞里漏进耀眼的日光，如同三尺白绫垂在庄圆面前。庄圆爆发出持久的哭叫，锋利的童声撕裂了声带，你稍加留意就能听到那声音里正渗出的血渍。可是没人听到，每隔半小时自动冲刷的大水箱适时地放水了，轰鸣的水流裹挟着深坑中的排泄物，共同推着更前面的排泄物，混合，翻腾，借力打力，勇往直前，胖子的，老人的，瘦白屁股的，深深浅浅的棕色搅成浑浊的江流，经过十米的地下河道，精疲力竭地堆积在最尽头的出口，不能前行也无处可退，只能等下一次带了更大的助力水流。

庄圆很想蹲下来，或者随便去哪儿哭一场，她值得哭一场。可她只是把不久前还视若珍宝的小白熊扔进坑里，扭头往家走去。回家之后要经历什么她可以预料，面对妈妈的责打和羞辱，她或许要哭很久，现在就不必哭了。人不可能有那么多眼泪，流不出来，可就难受了。

◆

酒吧里不乏穿着校服的姑娘，只有她的是真的。

庄圆拉开校服拉链，倚在离钢琴最远的斜对面的沙发上，掏出印着骷髅骨的金属烟盒，招呼服务生点了一杯酒，准备享受一个她并不享受的夜晚。一个人在家之外的其他可能，她都愿意尝试。

酒刚落桌，就被一只手端走了。她顺着那只手往上看，一个金棕发色的高大男人正对服务员说着稍带口音的中文，语气很是严肃："你们不该这样。去给她端一杯牛奶来。"

他喝了一口庄圆点的酒，坐在她的卡座，面露微笑，但眼神里的责怪反而更让庄圆亲近。一枚深深的下巴窝，被他短而密的金色胡须环着，高挺的鼻尖上有几个斑点，眼睛在深凹的眼眶里映着光。庄圆想装作见怪不怪的样子笑笑，一咧嘴，竟险些哭出来。

好在牛奶端上来了，他拿起庄圆的手，放在温暖的牛奶杯上，手心贴着她的手背。庄圆一晃神，一时也分辨不清手心和手背哪里更温暖一些。

男人叫费恩，话不多，喝着酒听钢琴，喝完前一刻就再点一杯，长着金色绒毛的手把酒杯端起又放下，庄圆始终不敢说话。演奏者休息了一会儿重新开始的时候，费恩开口了："莫扎特。"他转过头，把她的校服拉链拉到了顶，"莫扎特说他描述的是一位女孩的画像，一位很美很乖的女孩，她比同年龄小孩都要敏感，而且沉静，她不太说话，不过一旦说话，总是带着优雅友善的态度。"

钢琴声成为他叙述的伴奏和延续，庄圆听得呆了，她的生活中，太久没有美来过。这个夜晚比她想象的好一万倍，她甚至没有为此做任何祈祷和准备，每一秒都让她受之有愧。

天快亮了，费恩要带她去吃早饭，起身后自然地没收了她的烟盒和打火机，庄圆跟在他身后出门，竟像个孩子似的有了蹦跳的步伐。早点摊的食物并不好吃，费恩反复擦着餐具连连皱眉，说下次给她做德国的早餐。庄圆连德国早餐吃什么都不知道，费恩说了几个德语单词，没有一个她能够模仿正确，为了说对那个类似“喝”的音，她几乎发出要吐痰的声音，并为此笑得不能自已。

此时费恩又换上严肃脸：“圆，你也得教我一点什么。”

◇

庄圆带他去了小商品市场。卷帘门刚刚拉开，露出一道道发黄的透明塑料门帘。前人掀开门帘走进去，总是将它们重重摔下，打在紧跟在后面的人脸上，如果后面的人扭头躲过，随手拨拉开面前的门帘灵巧挤入，被打脸的就另有其人。

她领着费恩一排一排地逛着，像带领游客参观一样，介绍民俗礼品和假冒名牌，她喜欢的文具和永远在清仓的发饰。费恩走到最后一道柜台的时候才笑眯眯地说：“我来这里很多年了，中间回过德国，待了三年，又回到中国。”庄圆羞愧不已，她早该想到他不是一个崭新的外宾，可愣是让他跟着自己逛遍了小女孩才感兴趣的整个市场。她不停地举出新的提议，猛地想到一个他绝没可能玩过的选项。

两人挤在大头贴拍摄器前，果然费恩笨拙得不知该摆什么动作。庄圆把双手食指伸在脑袋上假装兔子，费恩就是看着猎物的猎人。

庄圆两只手托着脸变成鲜花，费恩就是旁边一棵沉默的树。庄圆拍得欢喜，拉过椅子换新的造型，她坐到费恩宽厚的腿上，刚挪动到合适的位置，闪电般地，臀部感到突如其来的刚硬的异物。

屏幕里是黄色的边框，边框的对角各有一只小黄鸡，边框里面是庄圆圆睁的眼，和她身后用胡子蹭她脖子的费恩。

◆

妈妈把计算器摁得在桌上不断弹跳。圆珠笔在账本上写了划，写了划，最终被丢到桌上。庄圆在屋里假装写作业，听着大串意义不明的数字，和惊心动魄的“归零”。很长一段时间内，妈妈把爸爸彻底离开的责任算在庄圆头上，结束暗无天日的哭泣和咒骂之后，她陷入更可怕的偏执。像冬眠前拼命搜寻食粮的动物一般，她闯进所有宣称能赚快钱的生意。信用卡越办越多，账越来越算不明白，她却日以继夜、夜以继日地亢奋着。搬进新家的那天她激动得如同死刑犯获得宽赦，或是篡位者得以加冕，她不需要男人了，她证实了这一点，也替庄圆做了同样的决定，要独立自强，要与企图伤害你的人同样面目狰狞。庄圆告别了那扇始终没能完全修好的门，有了自己的房间，却宁愿回到那些被她无端指责的岁月。妈妈穿行过太多的天方夜谭，让这样的她回到柴米油盐，怕是不能了。

庄圆掐着指头数日子，等着周二和周五，那是她可以见到费恩的日子。她从走廊电表箱上面拿到钥匙，那是费恩的高度可以抬手放上的地方，她每每要跳起来，勾着手划拉几次才能摸到，书包上挂的铃铛叮当作响。庄圆趴在开放式厨房的吧台上写着作业等他，她喜欢这个角落，因为费恩会在这里给她做早餐，会在这切开硬壳的谷物面包，和味道奇怪的奶酪。等待的时候她会捡起薄薄的火腿片贴在胳膊上，再用舌尖舔起来，一点点吃掉。雾气悄悄爬满煮蛋器，每一颗蛋都安稳庄重地熟了，费恩为她敲开蛋壳，把冰凉的银色匙子送进她张开的嘴巴，溏心蛋黄柔软地流淌，从舌根，一直热到尾椎骨。

门声一响，她就自吧台椅上滑下来，一溜滑行，撞进他洁白的衬衫。费恩看到她完美的几何作业，总会先奖励她一个吻。

费恩的家具冷硬而巨大，每一个台面都能放得下一个她，每个台面都放下过一个她，在疼痛中眩晕而兴奋的她，在撞击中漂浮着靠岸的她。费恩把她抱到床上睡去，她安全地蜷缩着，伸脚能触碰到他毛茸茸的小腿，仰起头是他闪光的短须，她把指尖放进他下巴的小窝，抚摸着他粗糙后背上每一个凸起和凹陷，在他悠长有力的呼吸中贪婪地清醒着。他醒来的刹那她便跳起来，从冰柜里为他取出全套的雪茄用具，赤着脚，献宝一样地飞奔回来。

庄圆觉得自己像一块被遗失的拼图，费恩的出现，严丝合缝地填满了她的世界。她变成了好孩子。他会永远准时出现在约定的地方，没有比这更重要的了。费恩，此前就差一块拼图的费恩，有了她这小小的一块，也一定是完美了。

妈妈的咬牙切齿成为无意义，她需要男人，需要这个男人。

◇

从没有一个三年，像这个三年一样快。庄圆早就知道他又会轮调回德国，只是假装对这一天的来临无知无觉。她似乎也能感受到费恩的不舍，他勒疼她的身体，又像膜拜神像一样跪在她面前，久久凝视她颤动的神色，抚摸她脸上每一处细细的绒毛。庄圆每每从湿凉的泪枕上醒来都想问他能不能不走，可又怕问题的尽头有她不敢知道的答案。

妈妈丝毫没发觉庄圆的异样。她在夜里失眠、焦虑、歇斯底里，又总在早上奇迹般地恢复斗志，打满鸡血喝饱鸡汤，仿佛昨夜的崩溃都死在昨夜。某天她们母女途经过街天桥，庄圆在一个用红烧方便面桶做碗的乞丐面前放了一块钱，妈妈指着乞丐说："他比我多五百万。"

"多五百万什么？"

"债。"

轻描淡写的口气让她显得像个电视剧里的大反派，让庄圆不寒而栗。妈妈现在已经办了一个公司，有着不怎么明确的营业范围和不怎么固定的员工，却有着触手可及的危险。她只能做那个仰着头的人，等着高空中走钢丝的人坠落。

妈妈没有参加过她任何一次家长会，庄圆在十岁时学会了模仿家长签名，如果不是需要钱，她根本不需要有一个家长。她拿着杂七杂八的账单去公司，妈妈的秘书正站在楼下抽烟，她把东西交给秘书，秘书看了一眼，还给她："你自己上去吧。"

穿过大堂里神情各异的人群，挤进灯忽明忽暗的电梯，走廊尽头紧挨着妈妈公司的是家培训中心，里面传来阵阵群情激昂的呐喊，押韵却不知所云。庄圆正要拧开办公室的门，秘书气喘吁吁地跑来，撞开她，进门的同时喊道："款到了。"

门在庄圆面前半掩着，她看到妈妈大开着两扇窗，窗前的酒杯下压着一张纸。妈妈的姿态像是刚从高处下来，脚还没来得及踩进高跟鞋。只狂喜了几秒钟她就把这笔钱一一分派出去，然后颓然地靠在墙上，拿起酒杯。秘书走了，她才看到庄圆。

"那是遗书吗？"庄圆问。

纸片恰在此时飞出了窗外，代替了本来要下去的人。

见她没有回答，庄圆明白了，刚才她距离孤儿仅一线之遥，不知飞出去的纸片上留着怎样的叮嘱，她的心却实实在在地摔在了地上。她低着头说："我不想再仰着头等走钢丝的人了。"

"什么？"妈妈已经投入新的工作，对庄圆低落的神态流露出一些不耐烦的关爱。

"我想出国读书。"

妈妈的目光挪开，说了一声好。

◇

庄圆坐上费恩的腿抱着他夹杂白发的头："等你胡子全白了，就给我当圣诞老人吧。"

“如果我是圣诞老人，你一定有最多的礼物。而且，你还是可以坐在我腿上。”

庄圆解开未来圣诞老人的皮带：“你真的愿意带我走吗？”

“只要你能考过来。但是你要知道……”费恩坐直了身子，把她放下来。

“当然。你有妻子。”庄圆把雪茄剪套在手指上，想象用这圈锐利的金属环切手指的触感，半晌又问，“我们能每周都见面吗？”

“当然。”

她想象着那个和他年纪相仿，同样高大挺拔的外国女人，见到她会有怎样的嫉恨和怨毒，她太可怜了，失去了费恩的爱。

◆

庄圆成了伊撒尔河畔的一位中国留学生，在学校不远处与同学合租而住。她跳过了其他女孩对新环境大惊小怪而后习以为常的阶段，对这里她似乎有天然的熟悉感，这是费恩的国家。她起了德文名字，费恩却坚持叫她圆圆。

每个周末，她会去他的公寓，风格跟他在北京的房子相似，只是豪华和古旧许多。与她想象的一样，他的家里有女人的气息，与她想象的不一样，照片里的女人是年轻的华人女子，或许还不到三十岁。庄圆站在巨幅的婚纱照前，没有感受到嫉恨和怨毒。她等着费恩谈起，可无论怎样把话题引到他妻子身上，费恩都不会接话，而是横抱着她去客房或者沙发。他一定不爱妻子了，或者从没爱过。庄圆侧过头，看着肩胛上的红色蜡滴顺着手臂流成触目惊心的河流，逝者如斯夫，她发出难以自持的呼叫，用最后的力气问："你也会不爱我吗？"多少年来，费恩和她定下用来叫停的安全词她从未用过，最疼的那次，她甚至感觉到了死，也只是在心里一遍遍狂喊，把随时破口而出的字符咬碎咽回肚里，她太怕让他失望了。

费恩伏在她身后，呼吸像在继续攻击着她："你不一样，你是小孩，是我的小孩。"

◇

天知道她有多希望费恩的妻子为她的存在愤怒、伤心，哪怕只是不悦，或者不屑也好。她故意留下她反复来访的证据，在沙发上留下头发，在卫生间留下棉条，在他的衣领上喷女性香水，也许是这些太容易被费恩发现而后解决，她没有得到任何反馈。气馁和斗志交错生长，她从衣帽间找出女主人昂贵的丝质睡衣和晚礼服，穿在身上出现在费恩面前；她在他们结婚照前高高架起双腿，用两根手指展示她更年轻的阴唇，让相片里挽着费恩的人看她一次次卷曲又绷紧，她故意在周日的傍晚打破某瓶化妆品，让费恩在妻子回来前无法重新购买，可下周再来，那堆玻璃片只是消失了。庄圆不能相信，她所做的一切没人在意。

庄圆在不属于她的那天偷偷来到费恩的公寓。她一动不动地蹲在走廊，开门声点亮了楼道里的灯，费恩的妻子 Mia 出现在亮光里，比浓妆的照片上还要年轻。庄圆为这一面预演了几千次，如何自我介绍，如何激怒和炫耀，可此刻却只感觉到猛然站起后的眩晕。Mia 朝她看了一眼，脚步未停。这一眼让庄圆的煞气偃旗息鼓。那眼神像是怜悯，像是嘲笑，像是忽然回忆起什么，更像是看到了魔法球里的命运，却故意不说。Mia 不再看她，径直走进电梯。庄圆看着两扇门掩上她的背影，连喊一声“等等”的勇气都没有攒出。

庄圆以为这件事就这样惨烈地告一段落，可她发觉费恩在两人约会的日子出现得越来越晚。她后悔了，她不该做出那些挑衅让他为难，她的不甘是早该预料并且应当自我消解的。她已经拥有了他两个晚上，为什么还要求另外五个呢？她是费恩唯一的圆圆，没有必要取代任何人。那个女人怎么想，明明对她来说一点都不重要。费恩因此有哪怕一丝不悦，都是她的得不偿失。

她做错事了，她为了玩具把妈妈千藏万藏的家底交给爸爸，她为了一时的意气消磨了与费恩的默契，她又要失去一个人了。庄圆像大难临头的麦子，把头低进自己的阴影里。等到发酵了她的焦虑和怀疑，她只能脱掉衣服发出压抑的狂吼，那声音与妈妈在无数个疯狂夜晚所发出的并无二致，这一夜的难熬，胜过她在家度过的任何一个孤身的晚上。

费恩一身酒气，却清醒平静地回来了。庄圆抢步上前，赤裸着坐在他的脚上颤抖，双臂牢牢抱着他的腿，把脸贴了上去。

费恩享受着她的曲意逢迎，甚至在最后转场时去了主卧，这使得庄圆受宠若惊而更加努力，费恩却似乎心有不足，关于庄圆所担心的那桩事情，他什么都没有提，只是在并排躺下时看着她颀长的身体问了一句，是不是又要过生日了？

◇

庄圆不怕了。费恩会回来的，晚一点也没关系。她会想办法消弭他们的问题，而后长长久久，什么都不会改变。她起身出来，悄悄为自己点燃了一根雪茄，费恩不喜欢她抽烟喝酒，不喜欢她穿紧身暴露的衣服，她就一直喝牛奶和果汁，永远打扮得像会为初潮羞涩的少女。她喜欢他的约束，这意味着她的特别，更喜欢这些小小的违拗被发现时她会遭受的重重管教。她总会回忆起第一次见面时的费恩，居高临下，不容辩驳，喝了她的酒，还没收了她的烟盒。

庄圆举着烟在卧室外墙的架子前站着，她摸到高层架子上的钥匙后笑了，熟悉的费恩作风，可这已经是她不用反复起跳就能拿到的高度。

她用钥匙打开抽屉，里面只是些普通生活照的相册。她平静地倒翻着费恩与 Mia 的合影，不再觉得难受，反倒有些兴趣索然。她飞快掀过，直到最前面一张映入眼帘。

照片里的 Mia 穿着校服，站在北京街头，举着棉花糖，被费恩抱在怀里。十几岁的 Mia，那时应该还不叫 Mia 吧，眼神单纯，瘦弱矮小，一如五年前的她。

霎时庄圆明白了 Mia 望向她的眼神，没有人会对注定取消的比赛下注，她早就知道她们是一样的猎物，是保质期短而又短的伴侣，她已经对迟早要发生的一切心知肚明。只是她把这场已然发生的事故变成了交易。

费恩对庄圆幼稚的伎俩很可能毫不知情，他的冷淡，只是因为她也即将成为二十岁的“老人”。

一定是雪茄太冲了，庄圆冲进厕所，似乎要把五脏六腑都喷出来。她头埋在光洁雪白的马桶里，污物喷涌而出，渐渐盖过了碧蓝色的水，离她的脸越来越近，她变成了那只不听使唤的提线玩偶，被恶臭的极限包围吞噬，她突然想要喊出那个从未被使用的安全词“北极熊”，酸苦到极点的食物残渣将整个食道点燃成一条火线，让她发不出任何声音。

坏事要一起做

坏事都一起做了，跟朋友有什么区别？

清河

大清河早就不清了，它也没有改名。

上学有两条道，近的要过十字路口，穿小区，再经过一排灰扑扑的商铺，远的是顺着河沿走到头。转学过来之后，秋桐总是选这条远道，踢着石子，或者数着落叶，不用看路。抬头，河在左边，低头，河也在左边。

脱掉羽绒服的那天，柳树冒了一些细芽，鲜黄嫩绿，小花苞似的，显得枝条也格外柔软。可它们总是一夜之间突然变成粗笨的大柳叶，令树冠沉重地垂下头，那时节的柳条粗粝，叶片深绿，只配扎成一圈草帽，扔给玩闹的儿童。秋桐记得小学时，妈妈也在这个季节骑着自行车，带她去过学校。妈妈说小孩子就跟柳芽芽似的，不小心就长大了啊。长大了就要离了父母了。秋桐信誓旦旦地说她不会，表白得急了，眼泪就挂了一脸。妈妈被逗得哈哈大笑，然后在小柳芽长成大柳叶前，离开了秋桐。

◇

周一学校扫除加校会，老师要求带小板凳，为的是开会的时候坐在操场，扫除的时候摞在课桌上擦玻璃。秋桐只知道板凳的第一个功用，拿了一个马扎就来了。看到别人稳稳地架起板凳开始清扫，她也只好站上课桌，撑开马扎踩上去，晃晃悠悠，缓缓升起。

本以为会有的恐惧并没有到来，眼前绽开一片明亮。楼下是散落的蓝白色小人，和她一样身穿着宽大的校服，几个一群，另几个一群。她隔着玻璃，把热气哈在他们身上，再把浮尘和水痕从他们头顶擦去。轻触在干净的玻璃上，手指边缘被阳光照射得泛着透明的橘红色。

“你小心点！”一个来自低处的声音喊，“赶紧下来！怎么踩在这上头啊！”秋桐低头，先看到一双肉乎乎的手抓着她的马扎，才看清是牛甜甜。

牛甜甜是学校里的人际金线。她看得上的人，日子就比较好过，隔壁班泄密的考题不知怎么也有你一份了，长跑考试的秒表似乎也不怎么灵敏了，连测视力的时候都有同盟在旁边提醒，悄声告诉你当前 E 形的口朝哪边。牛甜甜脚步生风，声音可以从楼道这头嘹亮到另一头，披散着头发奔跑时，打横有一道皮筋印子，倚墙站着的时候身边总是簇簇拥拥。

生活简单，哪怕只是有这样一个人照拂，世界的嘴脸都能友善起来。而那些不幸的金线下的人们，就艰难多了。

“你家没板凳啊？以后你都用我的。”牛甜甜笑得很开，微黑的手很软，手腕上勒着一根部分陷进肉里的包绒皮筋。秋桐被她扶下来，只好展露出一些感激，像是长辈把你不爱吃的菜夹到你面前的碗里，会展露的那种感激。

放学的时候，以前几乎没说过话的女同学跟秋桐一同走了，她自然地挽住了秋桐的胳膊，好像之前的年年岁岁都是这样走的一般。

傍晚，河岸上的露天台球厅营业了。玩家多是附近职高的孩子和不怎么工作的年轻人。他们熟练掌握这座城市所有的秽语，能从初春赤膊到深秋，好像光膀子是打台球的标准着装似的。浑绿的河水上漂着捏扁的可乐罐，不计其数的烟头和啤酒瓶碎片半埋在近岸的淤泥里。河水在有台球桌的那一段艰难通过，继续前行。秋桐每次经过都会加快脚步，在“当——当——”的撞击声中低头走远。

女同学神秘地说这些人里面有牛甜甜的朋友，不是这一个就是那一个。她的动作很大，却自以为隐蔽。秋桐顺着她的指点看过去，他们赤着的上身有潦草的文身，有的拎着球杆晃荡，有的扛着球杆等发球，有的反手转杆，用杆头把烟蒂上的火星戳进土里，像一群人形孙悟空，流落街头。

女同学觉得秋桐看得太久，已经被他们发现了，挽着她赶紧走开。

◆ 投桃

秋桐考卷得了满分，她明明记得答错了的那道题，不知怎么在老师阅卷前被人改成了正确答案。她猜测这是牛甜甜的示好，抬头一看，牛甜甜果然一扬下巴，好像在说小事一桩。秋桐对这样的亲近总是有戒心的，她需要向自己强调这是善意，才不至于活得疑云重重，不至于在被拉进簇簇拥拥的那群人时表露出明显的抵触。

秋桐为第二天的春游准备了两件事，把爸爸寄来的外国巧克力带给牛甜甜，换上新裙子。她对牛甜甜始终没有产生友情，这让她更觉得亏欠了对方。

爸爸在南方定居之后，给她寄来过很多东西，吃的玩的，最多的是衣服。买小几次之后，他总算知道衣服的尺码要比他印象中女儿的尺码大一些才行。

她走进父母房间的穿衣镜前换上这件白裙子，窄细的腰身下乍出轻飘飘的裙摆，圆圆白白的扣子在后背量出一条挺拔的线条。身后的墙上，父母在结婚照里依偎。两年前他们拿着厂里最后一笔遣散费各奔南北，临走时一家人又哭又笑，他们揽着秋桐说谁先立住脚了，就接走全家。如今两人轮番往家里寄钱寄东西，没人再提团聚的事。

◇

秋桐出现在集合的草坪上，像一株持续燃放的烟花，让所有人挪不开目光。她的发箍上神奇地延出两条绸带，在垂下的长发背后结成一朵花。气氛奇怪起来，幼稚的男生们停止了打闹，变得有些拘谨，袜子上有破洞的，更是惭愧到无地自容。和秋桐同路的女孩被派来打探发箍是在哪里买的，秋桐说不知道，四下寻找她的朋友牛甜甜。送出去的巧克力被遗忘在草坪上，秋桐想牛甜甜可能不爱吃巧克力吧，下次给她带别的。

春天真好，秋桐脚步轻盈，对岸的蔷薇是艳丽的粉色，瀑布一样垂下，连成大片，那条河陈滞的气味也被野蔷薇遮盖了许多。她独自走过台球桌区域，目不斜视，但感受到有人在看她，她经过的地方，击球的节奏都缓了许多。

之后的一天，牛甜甜给团在她身边的女生都派发了那种带发带的发箍，戴上发箍的女孩们有一句没一句地比较着牛甜甜的大方和秋桐的藏私，终于让她明白了端倪，却无从解释。她暗暗有些好笑，等着她们闹完脾气就会好的吧，甚至有些享受这几天重新到来的清净。

这天的校会牛甜甜忽然没给秋桐带凳子，也没跟她说。秋桐坐在操场的地上，周围是蓝色的腿组成的森林。散会后没等她站起来，几个人就从她身前迈过，白鞋上留了深深浅浅的印子。秋桐想找牛甜甜聊聊，她朝牛甜甜走过去，却被三三两两地拦住。牛甜甜在她们身后看了她一眼，把正在进行的笑笑得更加大声。

秋桐知道自己成了金线以下的人，她什么都没问，独自离开，像之前的年年岁岁都是这样过的一样。

鹊起

每学期都很快的，等上了高中，人就都是大人了，还怕什么呢，她想。

秋桐的抽屉里频频出现礼物，带着不同的班级号和姓名字母缩写。她观察着周遭的人们，猜测各种可能。抽屉满到塞不下的那天，她终于拆开包装，开始使用这些礼物。礼物的价值排除了恶作剧的可能性。她猜测是暗恋她的人，想给她一些不便明说的关爱。是同桌吗？是那个总是把她的本子和他的放在一起的课代表吗？拆完所有的礼物，那个人始终没有现身。女生们离她越来越远，却又好像对她的生活越来越感兴趣，在她经过时做出无所谓的姿态，目送她走开后迅速开始新一段的绝密讨论。

秋桐终于解开了谜团。那天邻班的体育生把她堵在走廊里，低头压低了嗓子质问：“什么意思？为什么不给我回话？”

是他吗？秋桐望着他混合了渴望和愤怒的眼神有些迷惑。

“鞋你都穿了！你是不是还拿了别人的东西？你和他们都好了吗？”他颜色不深的小胡子上汗珠细密，喉结上下滚动。

秋桐用了很久才想明白，有人替她打出了广告，抽屉洞里的，都是对方给她的价码。她说不出来路的发箍、昂贵的裙子，有了合理的解释，也成了关键的证据。

秋桐忘了她怎么结束的跟体育生的对话。她在教学楼另一层看到牛甜甜撸起一个眼镜男孩的袖子狂笑着向大家展示：“你看，胳膊上的处男印都没有了！”男孩见到秋桐，眼里要喷出火来。这一定也是被人诓骗枉担虚名的男孩吧，哪个礼物是他送的呢？秋桐竟然感到抱歉，对这个男孩，和拉扯着他手臂的牛甜甜。

校门口有人等着秋桐，校服搭在山地车车把上，留着小胡子，仔细看却比她大不了几岁的样子。他把一张旅店房卡递在她手里。卷边的粘签上写着 8211。这次秋桐瞬间明白了他的来意，她郑重而不屑地说：“这个地方，档次不够。”然后直视对方直到他羞愧地逃走。

秋桐桌子上和本子上被画上了大红灯笼，看懂的人会被其中牵强的隐喻逗得大笑不止。她默默擦了桌子，在众目睽睽之下把礼物都放进垃圾桶里。

此后她干脆经常打扮了。校服里探出好看的衬衫领子，体育课穿鲜艳的跑鞋，哼着歌走过人群，跟她们最讨厌的老师谈笑风生，在她的花样挑衅下，班里女生们空前团结，级部拔河比赛都拿了第一。

收割

柳叶掉的时候，秋桐已经习惯了不跟任何人讲话。莫名其妙坏掉的物品，丢失的作业，刚擦完就被泼上油污的玻璃，她已经习以为常。做好了随时随地出丑的准备，即使在课上听到“鸡”或者“卖”的字眼时面对集体回头狂笑的人脸，也不再恐慌。

环卫工人怨声载道地捞出河里的落叶和烟头。他们谈论着台球厅的老板，说他会借钱给学生们赌，和他们称兄道弟，递烟请酒，赌金越滚越大，不知不觉成了一个无法回避的数字，这时如果不还钱，那些文着意义不明花纹的男人们，忽然就不是你的亲哥哥了。

秋桐听了这番话，走到台球桌时不由得多看了一眼。同班的男生丛风正偷偷把一颗绿球握在手里。秋桐转过头，脚步不停，余光里的丛风往河分岔的地方走去。刚才丛风没来得及怕，发现秋桐的跟踪才开始慌乱，脚下的落叶响声大作。秋桐快追上他时停下脚步，丛风回身，见她掏出一颗白球，伸到他面前。

丛风愣了一下，抬头笑了。

◇

两人喊了一二三，一起把球扔进了水里，两片水花之后，淤泥的臭气泛出来。

秋桐皱着眉头："太臭了，冬天来砸冰比较好。"

丛风对秋桐的主意非常认同，他立刻从书包里拿出笔记本，翻到最前页的日历页。"考完试要跟家人旅游，过年……过年要去我奶奶家，然后是妈妈的老家，之后……"

秋桐踢着荒草，看着远处渐渐清澈的河流："你家亲戚真多。"

丛风继续看日历，停在一行红色黑体字上："你知道情人节吗？"

秋桐的脸"腾"地红了，那些礼物、垃圾桶、焦灼的眼神和贴着 8211 手写贴纸的房卡，课桌上的红灯笼，在眼前乱纷纷一片，心脏一下比一下高地蹦跳。

"是下学期开学第一个周末哎！"丛风很高兴地拍拍她的肩膀，"到时候冰还没化吧！"

原来血液回流是这样清爽的感受啊。秋桐在风里站着，忽然觉得秋天也不错。

◇

秋桐和丛风一共偷了多少个球，他们记不清了，放在大袋子里，约好最后一天一起数。看台球厅老板气急败坏的样子，一定已经攒了不少了。他们割开收球的网子偷过，假装买汽水从木盒里偷过，从扔在台上的衣服遮掩下偷过。

有一次丛风几乎被发现了，手里的球来不及藏起，老板和几个人已经走过来。秋桐假装惊喜地喊了丛风一声，从马路另一端奔到柳树下，扑在他的怀里，没对准嘴唇就亲了过去，球从假装搂抱的手臂间于丛风手里到了秋桐的斜挎包里。打球的人笑着向两个小屁孩吹几个口哨，远远走开。

红球在书包里静静地躺着。像他们的秘密一样。

◇

快考试了，丛风却突然忙碌了一阵。他成了杂志封底常常出现的书友会的会员，每天张罗帮同学们买书，为不同的对象量身推荐漫画或者教辅，脸上满是诚恳。她隐约知道，攒够多少积分可以换成某种实物，隐约猜到这是为她做的，便隐约感到喜悦。

一只镀金玫瑰花出现在她抽屉里的那天，丛风在自习课上睡着了，他像是一只气息均匀的动物，背部平静地起伏。胳膊底下的卷子角在他的呼吸里振翅欲飞。

秋桐的手一直放在桌洞里，花朵凉凉的，层层叠叠，连接处有些许粗糙，下面是枝是叶，是不能伤人的刺，美极了。

秋桐又恢复了以前的样子，不再刻意显露锋芒，也没有了敌人。她用胶带把花枝固定在抽屉上方，每天可以伸手进去，把不会掉落的叶片清数一遍。

◇

寒假前的最后一天，大家在外面对成绩表，她一个人回到教室。没有人的教室太可爱了，课桌就是课桌而已，黑板也只是黑板而已。她坐到丛风的位子上，掀开他贴了四角的笔记本，翻到日历那一页，她在预料到的日期看到令人满意的红色圆圈，天还这么冷，到时候河上一定是结冰的吧。她自然地端起他桌上的水杯拧开盖子。

秋桐喝下热水的一瞬间，看到了门口牛甜甜的脸。牛甜甜的身后还有很多张脸，奇怪的是她们一模一样，都成了牛甜甜。

秋桐被从座位上拉了下来，男生女生都回到了教室，冲在最前面的丛风，缓缓退回了人群。秋桐书包里的东西散落一地，课桌翻倒，抽屉掉了出来，金色的玫瑰花终于被高高举起。

牛甜甜质问的声音不太嘹亮，她一下一下扣着丛风的杯盖，说得多小声都不会使他的恐惧减少一分了。

“你送的吗？”

“……不是。”

“她为什么坐在你位子上，用你的杯子喝水？”

“因为她……”

因为她就是那样不要脸的人。

◆ 清河

下雪太好了，一白遮百丑。

再凶恶的地方也会显得柔软，所以我们这时候过年。秋桐这么想着，把爸爸妈妈寄来的钱和礼物给奶奶爷爷送去，并转告他们不能回家的歉意。爸爸妈妈都在家的时候，经常会同时说一样的话，全家也总会因此哄堂大笑。“想吃什么？”“红烧茄子！”“想去哪儿？”“第一百货！”屡试不爽。这次他们又说了同样一个理由：春运，买不上票，不回家了。

吃过年饭，秋桐不顾爷爷奶奶的挽留回自己家。奶奶给她带了一碗素馅的饺子：“拿去明天馏一馏，烫一烫也行，五更天吃了，这一年才素净。”

第二天，秋桐家厨房的窗户被邻家的爆竹震碎了。饺子盘被碎玻璃砸翻在水池里，玻璃和冰混在一起，怎么也分不出来。

◇

二月十四号，街上很安静。河岸边的球厅还没开业，绿茸茸的台子上可疑的痕迹更加醒目。秋桐拎了一只大袋子，走去河水分岔的地方。之前一直担心化冻的河面还结着冰，她终于替两个人知道了答案。她爬上一块庞大的、探进河水的大石，举起袋子。

袋口朝下，彩球前赴后继，红橙黄绿，蓝紫黑棕，红橙黄绿，蓝紫黑棕。彩球砸在冰面上的声音并没有想象的好听，它们哗啦啦向远处奔去，四散奔去，在尚未破冰的地方争先恐后，在已然破冰的地方沉入水中，浑绿的河水在黄白色的冰层下缓缓流动。

◇

春天的阳光还假假的，亮，却不怎么暖和。秋桐举起手遮挡，想看看远处有没有人走来。手指边缘被阳光照成红色。

“世道让有些事变难了，

也让有些事简单到叫人提不起兴趣再做。”

美丽人类

幸福就是瓜子仁儿，给你往嘴塞一把当然高兴，但自己扒着嗑出来的才格外香啊！

毛姆

方域毕业于师范学院附小和附中，在师范学院读完本科和硕士，回到他读过的高中当了老师。女儿方小凡从学校的附属幼儿园升入附小，继而是附中。在他的计划中，不管她经历了怎样叛逆的青春期，多少次让他靠刷脸才不被处分，十八岁那年理所当然会考进爸爸的母校，成为不拘大中小学的教师，朝朝暮暮，寒暑两假，嫁给同事介绍的适龄师范子弟，在老校长的见证下喝几杯喜酒，把他们共同的孩子送进师范幼儿园，用生老病死在师范路方圆画一个圈。可方小凡突然偏离航线，考去了一个和家乡隔着半个中国的城市，两地甚至连直达的动车都没有。这和方域理解的相依为命差得有点远。

相比和小凡谈论这件事，方域更怕的是那些急于分享他烦恼的人际圈。教工家属院就是这样，没有人挣死八活地奔前程，目之所及就这十二栋楼。教师节、中高考、别人家的闹心事，并列为家属院几大节日。这些年他们家已经贡献了足够多的猛料，头版头条的位置，他再也不想占了。

这是经他手的最让人愤怒的录取通知书。方域出了校门，加快步伐往家赶去，约能提前两分半钟到家。小凡昨晚又出去玩了个通宵，现在肯定正睡得人事不知，说不定又是连脸都没洗。她仗着方域不愿意到阁楼上去，一喝醉就睡在楼上，今天无论如何要把她拽下来。

不能每个女人都这样，一声不吭地离开他。

◇

方小凡被拍醒的时候非常给面子地嚷嚷了一句："我不行了，换啤的吧。"

方域把手里那根用通知书卷成的纸棍儿又紧了紧，朝女儿肩头背上噼噼啪啪好一顿抽。

方小凡拧眉瞪眼地坐起来："你什么时候学的打击乐啊？"

方域的教师模式可谓随叫随到，尽管扭着身子侧坐在床边上，脚下踩着不知哪个乐队的海报，他还是能立刻进入苦口婆心状态。从她自作主张令人心寒，到异地求学孤苦无依，专业冷门前途未卜，人生地疏遍地虎狼。

方小凡打断他："四川八千多万人呢，我估摸虎狼也不怎么敢上街。"

方域穷追不舍："你是不是想吃辣了？咱暑假去玩几天，玩一个月也行，吃到饱吃到吐，回来到爸爸班上复读一年！就这样，我现在去订机票。"

已经快要躺回去的方小凡一把拉住方域："怎么了就订票！都不沟通就拿主意啊！方老师你这样很危险，下一步是不是就该包办婚姻了？"

方域站起来活动腰杆，熟练但僵硬地做出一些女老师们普及给大家的健身动作："你也得跟我沟通啊。"

方小凡："你看过《生活的事实》吗？小说，我估计你没看过，不如你先去搜了看看，然后咱再聊。”

方域回忆了一下自己有限的阅读经验和道听途说，实在没法谎称读过，让方小凡在这儿等着，他立刻就去看。方小凡惊讶于他难得的好脾气，心想怎么早没发现这个窍门啊，夜不归宿的事好像没发生过似的。

◇

方域对这个英国作家十分不满。小说写了一个苦恼的父亲，他告诉第一次出远门的儿子三条人生经验——不赌博、不借钱、不与女人发生纠葛，不然会引火上身。一向听话的儿子在异乡把这三条一一违抗，却安然无恙，甚至得到了一笔飞来横财。

“危险就是危险，你怎么能靠侥幸活着呢？小说能信吗，科学吗？你应该算一算概率！”方域的调门越来越高了。为了图省事，他把老花镜临时架在近视镜下面，鼻梁上两副眼镜让他的气急败坏显得有些好笑。

“你没看懂吧。我是想跟你说，你担心的不是我，是你自己的权威。所以放心吧方老师，我就上个学，又没跟你断绝关系。在家好好的哈，抽空多跟徐姨谈点恋爱！”方小凡拍拍他的肩膀又从他身边溜出去了，方域一直没搞明白，那个从小没朋友的方小凡，为什么忽然变得这么受欢迎？等等，说谁谈恋爱！

方域打开门冲着电梯刚要喊，电梯厢里已经有俩人跟他打招呼了，方域只好装作叮嘱女儿路上小心，然后讪讪地退回来。

◆ 火焰

九十六瓶香水，是妈妈留给方小凡的遗产。

高高低低的瓶身，每一个折射面都被擦得洁净透亮，被摆放在阁楼棕红色的写字台上，投下一道道瑰丽的光束。梳妆台是结婚时方域亲手给妻子打的，镜框雕了祥云和喜鹊，梳妆台腿是缱绻温柔的凤凰。凤凰和喜鹊圆胖呆滞，昂着头张着嘴，笨拙地描述着做这张梳妆台的男人，对镜子前这个女人的热爱。

镜子前换了六岁的方小凡。前天妈妈还坐在这背对着她，裙裾如往常一样拖在木地板上，对她说了那些她听不懂的话，昨天她就被相熟的邻居接到家里暂住，躲避一场大型的儿童不宜。她听到街坊四邻的窃窃讨论，好像早就对某种结果了然于胸，他们朝她露出怜悯的眼神，随即又纷纷释然，对她的未来做了定论：要我说啊，找个后妈，都比佟蔓疼她！

方小凡很想告诉他们妈妈有多好，妈妈会给她买舞蹈鞋，坐在一边出着神看她练功，随着她的表现即时露出淡淡的失望或欣慰。她还会把爸爸夹给她的菜转放进方小凡的碗里。她永远那么美，尽管连小凡都知道，妈妈的爱美饱受诟病。

佟蔓总托人从很远的地方买衣服，再去裁缝店修改到最贴合她身材的尺寸，她连下楼取一本杂志都是摇曳生姿的。家属院别的女人还在缠着丈夫买金圈耳环的时候，她却常拿着首饰样子去城里唯一一个有苏州老匠人的银楼，叫他细细地照着打出来。她在婚后每个月买一瓶香水的习惯，在旁人口中成为方域加班熬夜的罪魁祸首。尽管方域见了她就昂扬起十万分的欢喜，别人却只盯着他发白的夹克衫和车把上挂着的小菜，感叹他如今生活的江河日下。

◇

方小凡被带去殡仪馆跟妈妈告别，却又被亲戚拉着，不让她进去参加告别式。

事情总是不能遂人心愿，佟蔓化好了妆，换好了衣衫，却忘了药物的作用。她在人生的最后时刻憋出了大片的斑痕，咬破了舌头，还跌下了楼梯。火化之前，金属起搏器必须从她年轻的心脏取出，她的身体不得不在灵魂消亡后又承受了一次戕害。据说方域一夜未归，给入殓的化妆师塞了很大的红包，一同为亡妻美化了很久。

◇

小凡离开人群，独自往冷清的后院走去。哀乐的旋律陌生动人，小凡忍不住悄然踮起脚，迈开第一个舞步。她一向不喜欢跳舞，练功无非是为了让妈妈的目光能注视在她身上，此刻却不知道为什么，跳得兴致盎然。她舒展地旋转，一圈一圈，从一间间严肃寂静的平房前轻盈地经过，直到院子最深处的大屋拦住了她。

方小凡趴在窗户上，最后一次看到了她的妈妈。佟蔓穿着一条小凡没有见过的裙子，脸色过于青白，妆容又过于浓艳，头发盘成一个她绝不会喜欢的形状，双手合在小腹的位置。小凡忽然明白了这里发生的事。

小凡正在想要怎样与里面的妈妈告别，佟蔓和她身下的硬纸板床被蓝色工装的炉工粗暴地顶进了炉膛。炉工戴了隔热手套的手把佟蔓的裙子掖紧，抓着她僵直的腿用力一推。她从炉膛里优美地滑行到底，同时厚重的玻璃炉罩落下，炉膛里一片暗红，如同演出大幕拉开，舞台上所有的灯光汇集一身。

佟蔓的身体在倏然而至的高温下剧烈收缩，她像是活了，像是急于起身，像是还有很多未尽之语，激烈地舞动出意义不明的姿态。

方小凡目睹了她看过的最诡异的一场舞蹈，她渐渐变形的母亲，终于在轰然腾起的红色里融进火焰。

方小凡“哇”的一声吐在窗户上，顺着墙倒了下去。

方域找到小凡的时候，她睁开眼睛看着爸爸问：“能不能再也不跳舞了？”

方域把她连同冰凉的呕吐物一同挤进怀里，不敢想象这个小人儿刚才看到了什么。

◆ 多肉

方域还记得第一次见到徐莉那天，他从超市冷柜拿了一包特价牛肉，正要拿第二包的时候，徐莉把推车里的那包拿出来丢回去，从他身边经过时低声说：“肉不好，别买。”她扎着某个品牌饮料的促销围裙，捧着试饮托盘一阵风似的消失了，他只看到她侧脸轮廓很英俊。是的，英俊，她有健壮的咬肌和宽阔的额头，线条硬朗，眉目却又十分秀气。方域从善如流地放下了牛肉，可推着车转了几排货架，都没再看到她。以至于周末在花市再次看到她侧脸的时候，惊喜得推了她一把。徐莉没认出他，一把把挎包揽在怀里同时反击一掌。

之后两人常在花市见面，谁也没约谁，谁都知道对方总会在那儿。方域问过她为什么要提醒他那肉不好，徐莉说看到推车里放的练习册了，快考试了，老师吃坏肚子不得一个班的学生倒霉啊。

方小凡发现家里小盆小盆的绿植越来越多了，还都是她最看不上的多肉。

“方老师，你这审美得治治啊！这玩意儿跟塑料花有什么区别？”

“好养活。不用怎么照顾，一天天绿得好好的。”

“你知道什么更不用照顾吗？”

“什么？”

“塑料花。”

方域在小凡扬言扔掉这些花盆的时候说了徐莉的存在。小凡开始了漫长的沉默，方域脑中飞快演出至少二十集连续剧。

给方域介绍对象的这些年一直没断。学生家长的同事，张老师新寡的二姐，李老师嫁不出去的小姨，方域能推则推，实在抹不开面见一次，方域就使出撒手锏，描述佟蔓的死状，对方觉得他有病，这事也就黄了。

在熟人们眼里，方域早就该开始新生活了，这是他应得的。可这些年他总拿方小凡当借口："这么活泼的孩子，自从没了妈之后再也不跳舞了，她要是再有什么事，我可怎么办啊？"每当这时候，那些课下仍有一腔人生经验亟待分享的师长就会黯然点头，不要说跳舞，小凡连广播操都不做，在所有孩子都是好学生的家属院里，谁要是德智体美劳缺那么一点，简直跟残疾差不多。

小凡终于开口了："我说你也不缺钱了，怎么还整天寻摸着买特价肉啊？我就不配吃点不打折的啊！"

女儿对这事无所谓的态度让方域放了心，可这一步总也迈不出。方域隐隐觉得，第一次婚姻与其说是丧偶，不如说更像是离婚，佟蔓离去的形象，就是一个失望的妻子。尽管别人把他塑造成了受害者形象，方域却始终认为是他有所亏欠。这种话说来总显矫情，方域既然不能出口，也就无从向徐莉表明心迹。

如今方小凡已经入学两个多月了，电话打得越来越少，他暗中希望她遇到什么挫折，好验证他的警告都是金玉良言。方域也知道这样不对，甚至可怕，如果小凡真的有麻烦，他一定会为今天这瞬间的念头悔痛不已。唉，原来自己真的跟那个外国人写的父亲一样差劲儿啊。

◆ 毛巾

如果方域知道小凡喝醉后跟人打赌，做出在学校墙根撒尿这种事，一定会疯吧。转眼小凡在这个嬉皮城待了两年了，懒散自在，一眼望去，像是每个人头顶都开着朵罂粟花。方小凡酒量奇差，今天她又是最先闷掉面前的酒在沙发座上安心地睡过去。她不跳舞也不喜欢玩游戏，从夜店出来反而一点都不累了，大家散去之后，她走进一家饭馆。

这家的招牌是面，小凡给自己点了一碗“妈妈的味道”，这对她来说等同于“陌生的味道”，在小凡的记忆里，佟蔓似乎从来没下过厨。妈妈的味道就是香水的味道，小凡在她离去后很多年都在夜里向被褥上喷洒香水才能睡去。那些别人收了不舍得喷的珍藏级香水，都成了方小凡的安眠香。最后梳妆台上只剩了九十六个空瓶，流光溢彩沦为风尘仆仆。方域雕刻的胖鸟们，羽翼里也塞满了灰。把这些玻璃瓶全部砸碎了是一幅什么样的场景，方小凡想象了很多次。后来有一天她回家，发现整个梳妆台连同下面的东西，都被白布罩了起来。

方小凡不明白跳舞到底有什么了不起的，为什么不能跳舞就会连命都不要了。你看我，说不跳就不跳了，还不是活得好好的。这么想着，小凡对端到面前的这碗面就有些怒火。

比她怒火更盛的，是门外的几个大汉。他们用她听不懂的语言吵了只一个回合，板凳就挥舞了起来。五个人中的四个朝剩下那个拳打脚踢，饭馆里本来没有几个人，余者见状也就匆匆离开了。

小凡捧着自己的面站到窗口，落单的人本来并不处于下风，不小心被放倒后就渐渐坚持不住了，方方正正的拳头，雹子般落在他身上。刚才被狠狠反击过的人，捡起酒瓶开了他的脑瓜。小凡放下碗一声惊呼，老板从后面拉了她的衣服，冲她摆摆手，做了个让她悄悄离开的手势。

小凡走到门口，想最后看一眼那个人，那个宽条眉的男孩。可另外几个人打得太密了，她只看到他受重击后的腿不被控制地弹起。她忽然朝反方向加速冲进战团，挡在受伤男孩的面前蹲下。她在血泊边缘，面对几个短暂发愣的行凶者，软着脚故作镇定：“现在走，打架斗殴，再打，过失杀人。现在走，没人追，再打，警察要来的。”

◇

眼下方小凡觉得每一个骨节每一块肌肉都偏离了原来的位置。宽条眉男孩缝合好伤口，输上点滴的时候，她也趴在床边睡着了。纷乱的梦境里，她和男孩一起被打得奄奄一息。醒来的一瞬间，她的手立刻被抓住，继而整个胳膊都被摇晃着。面前是一个面色红润皱纹柔和的妇女，身后是一个微黑秀气的长辫子姑娘。受伤男孩正在大口吃饭，仿佛伤口只是一种让他胃口大增的存在。喂他的人是个同样宽条眉的中年男人，肩膀比男孩还要壮阔，两人行动默契，神态相似，如果静止不动，绝对可以组装成一套不甚美观的俄罗斯套娃。

这对套娃同时朝她咧嘴一笑，辫子姑娘热情地喊了一句：“嫂子。”

方小凡还在蒙圈之际，妇女已经开始了滔滔不绝的感谢和夸赞，并配合以亲密的肢体语言。叫她嫂子的姑娘打来一盆热水，妇女捞起里面的毛巾拧干，帮小凡满头满脸擦了一通，水里浑浊起来，小凡却清醒了，赶紧请大家不要误会，她与这个男孩素不相识。

男孩抢先说他叫根藏，把家庭成员一一介绍给小凡，听到父亲龙珠的时候，慌乱的小凡还是忍不住笑起来，赶紧换上严肃脸打断他们，解释了昨晚的情况。可这热情的一家人好像听不懂似的，把根藏夸了个遍。听到婚礼安排并开始询问小凡家庭情况的时候，她实在坐不住了，借口上厕所出去，拐弯一路小跑，鸡啄米一样狂按电梯下行按钮。

好端端的一个见义勇为，主人公却跑得肺都快出来了。方小凡喘息均匀，感到冷了，才发现连外套都没拿。碰瓷要钱的不新鲜，到我这儿怎么还得搭个人啊。

◆ 奶糖

方域在路边小店看到小时候常吃的奶糖出了巨型包装，足足半米的一粒奶糖，白胖诱人，忙叫人装了赶去徐莉家。他想象对方见到这古怪的礼物后流露出娇羞和惊喜，心怦怦乱跳。至于这么大一块糖怎么吃，是切开还是乱啃，徐莉一定有和他不一样的主意。

方域献宝之后徐莉果然很高兴，熟练地剥开糖纸拔掉一头的盖子，把里面的糖块哗啦啦倒了一桌。方域这才知道巨型包装只是个盒子，里面不是一粒超大奶糖，而是很多粒普通的奶糖。方域一下丧气了，捧了一路的两个愿望双双落空，方域莫名地眼眶红了。

徐莉还没见过这阵仗，拿着剥开的糖往他嘴里送也不是，不送也不是。方域："我以为这里头是整个的，想着送你个新鲜。没想到就是糖块，看样子你早就见过。"徐莉："是见过，我们超市就有，可也没人送我啊。"方域还是赌气："我送的礼物不好，你别生气啊。"她哈哈笑着把糖块杵进方域嘴里："你看到这个糖，就想买下来送给我，就是想我了，你没事想我，就是喜欢我，你喜欢我，我生什么气啊！"

她又给自己剥了一粒，嘎嘣嘎嘣两下嚼断，硬的糖块变成绵柔奶丝，在口腔里拉拉扯扯，唇齿沾香。方域想起三十多年前接受他糖果的小女孩，她吃糖总是很认真，含在嘴里等它一点点融化。

◇

小方域喜欢周末，周末是去外婆家的日子，外婆的大杂院里有一个叫佟蔓的小女孩。小女孩没什么时间和他玩，她总是在练舞，脚上伤痕累累，谁看一眼都要替她疼。外婆常说你们把这孩子带走就好了，这么漂亮的小人儿，应当托生到你们那种地方的。

小方域把一周攒的零食给她带来，随便她挑，挑了几次知道她最喜欢奶糖。他每周都带了奶糖，假装踢球，在她练舞场外等着。她在比赛里拿了奖，又高挑了些，眉眼也有大姑娘的意思了，周围朋友越来越多，后来方域带来的糖，就只能热化在手心了。因为贫寒的家世，她一次次错过机会，再一天天让自己练得更拼命些。如果不是她不能再跳舞，也没什么选择了，她一定不会重新把他放进眼里吧。方域对此没有怨言，只希望能不辜负这次两世为人的机会。他只是小心翼翼，怕让她失望，怕让她后悔，怕让她在已然不幸的命运里向更不幸走去。他最怕的事没逃过去，她还是放弃了生活。

◇

徐莉把方域的头放在她肚子上摩挲着，轻言细语："她是失望，那是对她的生命失望，不是对你。你啊，不用怕对我也会这样，我就没对你抱希望。"

方域一愣。

徐莉接着说："这么说吧，幸福就是瓜子仁儿，给你往嘴塞一把当然高兴，但自己扒着嗑才香啊！"

方域有点感动，准备在这难得的柔情里多多沉浸一会儿，徐莉的肚子忽然长叫了一声。

她问："我能把这盒糖都吃了吗？"

◆ 黑白

方小凡这次回家后发现，关于徐姨的段子，方域如今常挂在嘴边，家里也有女人出没的痕迹了——方格的沙发套被碎花取代，办卡充值送的塑料水杯，都换成了玻璃和白瓷。为什么两人还不正式过到一起？小凡也是很纳闷。

传达室的爷爷叫住出神的小凡，叫她去拿包裹，方小凡想不出谁会寄东西给她，便问爷爷包裹看着是什么东西。

爷爷："爷爷还想问你呢！是个足球。小凡啊，你买足球干什么？"

足球！

传达室爷爷朝一个已然露出黑白圆形的破包裹努努嘴，方小凡拿在手中，却发现包裹是软的，显然不是足球。她拉开一看，一个景区爆款熊猫弹出在手上，圆头胖脑，黑白分明，只是暴露在外面的部分已经脏了。里面还附了一张纸条："万小凡，我们全家等你。根藏。"反面是他的联系电话和地址。

小凡嗷了一声往家跑去。

她刚还跟方域炫耀，这几年都没惹上过任何麻烦，当初的担心完全没有意义。转脸就来这么一出。

小凡躺在阁楼的地板上，腿立在墙上，老旧的珠帘滤过阳光，在她皮肤上一波波荡过去。她躺了半天，还是拨通了电话。根藏从外套口袋里找到学校门卡，几经辗转才拿到小凡的地址。方小凡听他的"寻找最美救命恩人"之旅，想到要被学校作为典型表彰一番，就已经开始翻白眼。"你什么时候回来？妈妈他们都想你撒。""礼物我也收到了，虽然名字写错，少了一个点，但我已经感受到你们全家诚挚的谢意了，你养好病好好生活吧！""在我们那儿，女孩子救下男孩子还照顾他，俩人就该结婚了呀。""在我们这儿不是。"小凡克制住骂人的冲动扣了电话。

◆ 玻璃

眼见按兵不动的方域快按不住了。徐莉的上司对她频频示好，她现在从端着盘子到处走的推销员成了仓库管理，小时工成了正式工。下班后方域去接她，常常听到她豪迈的笑声，不知怎的，就想到等在练舞场外面的那个自己。

方域心里乱糟糟的，想回去和女儿商量商量。让孩子拿主意，那不是说明自己老了吗！好在他出了校门提速，依然是提前两分半到家。方域还没把事情掰扯清楚，就听得楼下喊声，和小凡两人走去窗前一看。一个小伙子正张着两根竹竿，转着圈地喊“嫁给我吧”。小凡推推方域：“你看人家。”小伙子转过身，方小凡吓得往后一缩。条幅上不但写着“万小凡”，凡字里面还多了一点。方小凡崩溃了：“方老师，你又成小区红人了。”

根藏坐在方家一点都不紧张，还张罗着帮方域和小凡倒水。方域的态度简单真诚，让他在这儿住几天，领他吃吃玩玩，至于婚事，呵呵，想都别想。小凡在一旁连连点头。根藏非常困惑，看着脚边的条幅问：“他们说女学生都喜欢这个。再没有不成的哇。”

方域把小凡无意婚嫁的现状掰开揉碎一点点讲了，又苦口婆心地劝说这个青年，婚姻和感情不能建立在见义勇为上，这样以后谁还敢做好事呀。

根藏垂着脑袋不说话，面前的碧螺春喝了一口就不再动了。方域不忍心，悄声试探小凡："不然你先和他谈个恋爱？""你要敢说，我就跟徐姨说你外面还有好几个女朋友。""除非你说不喜欢我。"根藏忽然抬起头，胡萝卜一样的十根手指交叉着，看着小凡问，"那我就走咧。不喜欢的，不能用强。要是喜欢，就过到一处撒。话嘛要在人前面说，辫子嘛要往后甩。"

方小凡没想到他大老远来了却并不纠缠，一时不敢相信。

根藏对她的困惑很不满："月亮再亮也晒不干牛粪，不爱你的姑娘再漂亮也娶不得。这个道理我们懂得的。"

出现在与牛粪并列的谚语里，也是很少见的经历吧，何况还被说是漂亮姑娘呢。方小凡开心死了，一反之前的冷漠，拉着根藏，要带他各处玩去。

◇

方小凡看着根藏饭量喜人，每顿都能吃平常两倍多的食物，不禁庆幸不用跟他长期生活在一起。根藏对景点没什么兴趣，他喜欢的是人，动不动就拉着陌生人攀谈起来。

小凡以为这已经是尴尬的极致了，如果她没在晚上七点带根藏路过教工花园的话。一群居民正如痴如醉地进行着广场舞，根藏瞬间被吸引了过去。小凡怕他走丢，只好跟上。正赶上换一首新曲，根藏二话不说加入了战团，他站在最前头，夸张的舞步大气舒展，节奏也与音乐严丝合缝，队员们立刻乱了阵脚，旁边那位广播操级别的领舞者也收了神通。根藏见别人都停下来看他，怎么也不肯再跳，又是疑惑，又是沮丧。他一把拉过小凡，走到彩灯闪烁的喷泉台上，摘下她脖颈上的纱巾，舞蹈起来。

小凡呆住了。根藏脸上的光变换着，拉着她手向他大腿上一跃，小凡竟自然地轻轻一点，翻了过去。方小凡浑身冰凉，火葬场那条无人的小道又出现在她面前，然而她的舞步在落地的瞬间源源不断地流淌出来，仿若有人唤醒了她血液里千万个小人儿，或者给她穿了那双有魔力的红鞋子。她在光里跳着，在水里跳着，炉中竭力舞蹈的妈妈越来越浅，最终消失在她滴入眼帘的汗水中，余光里看到惊喜的根藏，和无数位诧异的阿姨。

从不跳舞的方小凡找了藏族男朋友，现在跳舞跳到累瘫在公园的事，一夜之间连院门口的园丁塑像都知道了。

回去的那天，根藏多了两件大行李，都是方域和小凡准备的礼物。这让他又有些迷惑："你到底是不是喜欢我？"被方小凡白了一眼，不敢再问了。

临别时小凡忽然想起一件事："那天你们到底为什么打架？"根藏脸红了，憋了半天才说："他们说女游客好骗，我听了不痛快，觉得丢了人。"

小凡抱抱他，把他送进车厢："好好过你自己的，谁也丢不了你的人。"

◇

方小凡回去，讶异地发现方域一个人在阁楼上。他掀开了盖在梳妆台上的白布，把每一个瓶子都擦了一遍。方小凡踢踢踏踏地走过来，和他坐进同一片光斑里。刚要说点什么，却发现方域满脸泪痕。

"你知道吗，你妈死后这些年，我过得很轻松。可是每次觉得轻松，都觉得自己有罪。我没法往前走。怕她怪我。"方小凡还从没见过方域哭，佟蔓死的时候都没有，或者说没让她看到过："方老师，你活得也太累了。妈妈临走前一天给我说过一段话，我当时没听懂，后来才明白了。"

方域收了泪等着她。方小凡拿起一个香水瓶子放到鼻子前，还有隐隐的香味。那些陪伴她度过恓惶岁月的香味，早已不是非它不可，忽然闻到，却还是一阵安心。

“她给我讲了一个日本传说，说丝绢不甘心自己的美丽无人得见，就变成狐狸，长出脚走出去，希望别人看到她。我问她然后呢，她说‘我只是去错了地方’。去错了地方，不是街的错，不是人的错，是绢狸自己的错。她只是终结了自己的命。”

方域听得沉默半天，所有人都在聊她的自私，却没人知道她有这样的柔情和委屈。

小凡把白布铺在地板上，所有香水瓶都放上去，扎起来大大的一包。她知道他心上的石头谁也搬不下来，只能等它瓦解和消散。

“梳妆台以后给我啊，当嫁妆。”

“你急什么！”方域破涕为笑，“你先喝爸爸的喜酒吧。”

“徐姨那个大备胎呢？”

“你是不是瞧不起我？”

方小凡叹口气，她知道方老师一定没问题的，他们即将走进一段轻松的未来，陪伴一个清晰亲切的爱侣，只是家属院的老相识们，这下又有的聊了。

然而，管他呢！

③

Chapter

我即远方

◇我替他高兴，他找了个有主意的姑娘。或许他的人生再遇到困难，可以不用四处求助了。

◇然而大海说："小岛老师，俺能有今天，都是靠你指点。一步一步，都是你教的。你别不承认。"

◇我怎么会不认呢？如果一件事之于你是有意义的，就算它对我来说没有意义，也会是一件了不起的事。

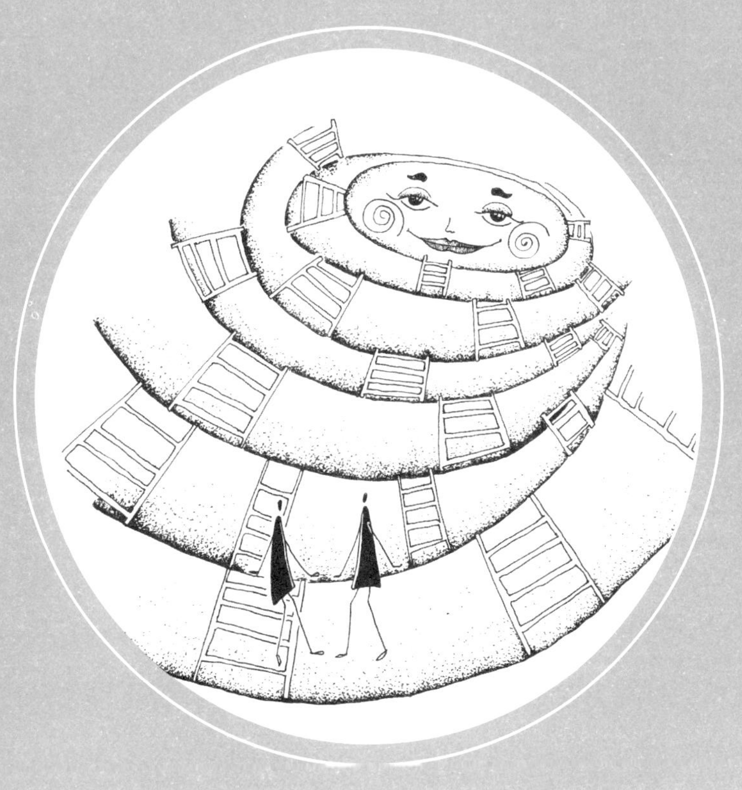

天真人类

“如果海上没有灯塔，请来我这里停靠。”

（一）

我讨厌我的听众，跟讨厌这份工作的程度差不多。

到底谁会蠢到让一个陌生的凡人替自己做人生决定？给我打个电话你就能豁然开朗了，我要有这本事都能拆庙了。

这位热心听众，你为什么不去喝酒？

半夜的交通台没什么拥堵信息可供提醒，我的节目就播给那些开车到楼下却坐在车里不愿回家的人。白天搓着佛珠吹着牛逼的大老爷们儿，不知怎么就抄起手机，在这城市各个角落偷偷上演车不堵了宝宝心里堵的戏码。他们在那头告诉我生活的各式艰难，从失恋到失业，从追尾到阳痿。我在这头告诉他们要笑对人生。

辞职的前一天，我一定把节目的 slogan 改成“万家灯火，有你没我”。

兴许真有人能把倾听当乐，以给出建议为荣。可之于我，这只是日复一日的尴尬。我本来就不是个喜欢表达意见的人，吃什么无所谓，去哪里也不在意，从不挑头聚会，也没有特别讨厌的人。前年偶然在高铁上看到一本别人留下的杂志，上面说这样的人其实是被动的强势者，根本不是老好人，只是习惯用随和懒散来掩饰冷漠与厌恶。我学了四年心理学，竟然觉得一本封面是卡通人物的杂志彩页很有道理。就是那趟列车，把我从首都搬到了这个小城。

这里的一切都像是被写好的，如果一路通畅，从城的这一头到另一头，打车五十块；开一间别的城市早就有的连锁店，就会引来所有年轻人拍照；公交车上的广告，还播着去年的促销信息；几十年前的朋友，每个月总还能见两面。好像人在小城市也小了起来，不再觉得自己重要，靠惯性就能活到死。

我工作的播音室是几个人轮用的，别人的东西越摆越多，喉糖、笔记本、茶叶罐、大大小小的靠枕，甚至还有人拿来一个能煲汤的壶，我什么都没带来过，渴了就用会客室的纸杯接水喝。残余的食物气味和同事们的味道在狭小的空间里盘踞不去，这是一种别人生活的“健康味”。进门我摘下被雾气蒙住的眼镜，用最里层的衣服擦出一个还算透亮的世界，拨开别人的东西，给自己腾出一个空儿。

现在的导播是个大四女生，瘦，不爱说话，上班抱腿缩在椅子上，干巴巴的小胳膊伸在导播台上的时候，像是垂死的人在求救。同事管她叫小米，不知道是姓米还是名字里有个米，没问过，反正过段时间，台里又会换一个新的实习生，省钱。

接热线的时候我就打开手机，一边玩游戏，一边听对方倾诉。游戏不能太激烈，不能限时，要能随时停下，诚恳地回应对方“要相信明天”。比如现在这个，用两个手指把屏幕上的 3D 阴影调整成不同角度，组成某种意想不到的图案。

真的，我不在乎他们说了什么，也不在乎他们想得到什么回馈，要是对方也这样想，我们简直该隔着电波击掌相庆啊。假如有一天我有幸活到退休并且足够自恋，或许可以写一本自传——《我无情我无义我无理取闹，却当上了情感导师》。

◇

小米又切进一个电话，我挪着手机上两个难以揣测的图形，试图找出它们之间的关系。

男人的声音年轻，本地口音很重，我为了听清他说什么，不得不从屏幕上分神。男人说他是开大货车的，每天都听这个电台，是我的忠实听众。我客气地表示感谢，手上渐渐靠近的不规则图形忽然亮了一下，那是接近答案的象征。我还没有捕捉到那个稍纵即逝的角度，亮光就消失了。男人似乎在说他的感情问题，想知道他的愿望是否不切实际。我对眼前的图案已经有点恼羞成怒，我跟这关杠了一天了，不断打开而后无功而返，每一次贴近答案的亮光都在赤裸裸地玩弄我的感情。

男人磕磕巴巴的表述忽然提速，我心里烦躁，两根手指不停挪动着，我知道自己已经半天没有回应，明明听到对方在“喂？喂？”确定我是否还在，却根本停不下手中的动作。人怎么能这么没有耐心呢？

终于我捕捉到电光石火般的提示光，两个毫无意义的图案一瞬间成了一只活跃的兽，在屏幕上闪闪发光，我浑身通泰，像纵身跳进温泉里一样发出一声通畅的欢呼。

听到自己声音的时候我就知道完蛋了，上次被这样丢在狂喜和尴尬的交界，还是初二夏天撸射的瞬间门被父母打开的时候。

相比这之后可能的责骂、投诉或者处罚，如何结束这段对话才是我最头痛的。

某种久违的感觉让我觉得无地自容，我等着电话那头的爆发，最好是脏话，那肯定能在某种程度上消弭我的不适。然而耳机里却是源源不断的音乐。不知道什么时候小米切换了音轨，在那头淡定地表达着信号丢失的歉意，而后插进了一则不动声色的广告。我隔着玻璃看着她，她向我打了一个倒计时的手势，一言不发，细细的胳膊伸长了，以求救的姿态救了我。

如果刚才那个人也是在向我求救，又该如何？我强迫自己不再想这些，点点头调整呼吸，接起了下一个电话。

是个熟悉的声音："刚才掉线了？"

我愣住了。

"说到哪儿了？"

我这才意识到电话那头还是他，那个开夜车送货的多情司机。一种解脱之后的恼怒直冲脑门。男人颠三倒四地把剧情又絮叨了一遍，我听明白他从农村来当快递员的时候爱上了一个小学老师，后来他因为被客户投诉而失业，一直没敢跟对方表白，如今没了去学校见她的机会，愁得吃不下睡不着。

“原来俺活得可怂了，从来没这么难受过。爱情伤人，大城市伤人。”

这也叫爱情，这地方也叫大城市？我这么想着，说出来的却是“时间会治愈一切，都会慢慢好起来的”。

“过去俺么都不信，现在信佛了，最羡慕弥勒佛，整天都能笑得出来。”

本来想说“谁也不用羡慕，你会遇见最好的自己”，不小心说出了真心话“如果你有弥勒佛那么胖，你还能笑得那么开心吗？”

“能。”

“嗯？”

“因为我现在比弥勒佛胖。”

千万句脏话翻腾，我竟一时语塞，用尽残存的智商用旁边的电打火机制造了一点杂音，然后说：“这位听众朋友的信号，看来是真的不太好。”

我念了结束语，跟听众们道了晚安，准备结束今天这操蛋的工作。还没起身，小米已经收拾好了设备，从身后说了声小岛老师再见，离开了播音室。我犹豫了一下，本来想说句谢谢的，是她没给我机会。

◇

一年以前，我也是众多走毒舌路线的年轻主播之一，那时我还在挺大一家电台，做着一个还算热闹的节目。你知道的，只要能说出“你这样还不辞职就是贱”“是不是被骗炮很爽？你最适合的建议就是找个下家赶紧散”的人，总能收获点拥戴的，如果再适时制造两个金句，流露些许人性，被奉为犀利睿智的圣徒指日可待。

可现在我放弃了。冷嘲热讽也是一种能力，也需要热爱生活。现在我只想做一个不咸不淡的节目。不要好到有人关注我的胡说八道，也不要差到需要我另谋生路。

想想看，一个冰箱里只有液体，总是忘记换厨房灯泡只能靠打开微波炉的门照亮，卫生间不锈钢架上有前任女友五个月前开了封没用完的卫生巾的人，有什么资格指导别人的人生呢？

就算人生可以被指导的话。

（二）

今天的日子应当没有任何差别，对一个听众不多的节目来说，丢失几秒钟信号，断掉一两个电话，连事故都算不上。我一样在不堵车的时段上下班，在同事的气息中扒开空隙，撑满一个四十分钟的节目。事实也正是如此发展的，直到结束录制的时候，门口多了一具庞大的躯体，比弥勒佛还胖。

“小岛老师，咱还是当面说吧，当面说最好。”来人面对我的困惑咧嘴一笑，“俺昨天打了俩电话，信号不行。”

隔壁台读鬼故事的同事绕过，笑我：“人家好歹是女粉丝来堵门，你倒好，直接来了一堵门。”小米被逗乐了，头一回见她笑，我多看了一眼，不知怎么忽然觉得，接待了这个男人，欠她的人情也算了了。

“咱俩有缘分，你叫小岛，俺叫大海。”山缓缓移动。

你该叫胖大海吧。我咽下这句消遣话，只告诉他其实我不叫小岛。

“艺名。俺懂。”

他执意要请我吃饭，我引着他往附近夜市走去。吃点东西也好，吃着聊不尴尬，人就一张嘴，有吃的占着，一时没话，也合情合理。

夜市把头是个小炒店，半透明的塑料帐篷，黄晕晕一片，四周冒着热气，看着就暖烘烘的。走进去很亮堂，灯泡铆足了劲儿，一应炒菜被照得油花泛光，人的脸色也生动起来。

大海挺高兴：“小岛老师，你会找地方！”

我非常艰难地一笑，看他趴在桌上研究一张塑料膜封着的单页菜单，喉头一动一动，把每一道菜清晰地念出来。我渐渐在他的语音中放空。

玻璃凉菜柜上头的样菜码得整齐错落，红红绿绿，你若认真多看两眼，竟也每样都想尝尝。臂力惊人的老板颠着勺一言不发，准确地区分哪盘不放葱花，哪份多放豆芽。老板娘双手夹着几瓶啤酒，酒瓶蹾到食客桌上的同时她就抄起腰上的酒起子利落地将其撬开。瓶盖顺势坠落，落地的声音在嘈杂的小店几不可闻，隐藏在餐巾纸和灰尘中那一圈圈的锯齿，如同查无此人的邮戳。我扭头打量这里，虽然之前也来过，吃顿消夜，带一身人味回家，但没留过心。

自从大海坐在对面马扎上，马扎就不见了，他像是一个有悬浮能力的巨大外星人，好奇而谨慎地选择了几样地球食物。他在第一道菜端来的时候就要求上了米饭。我从没见过这么爱吃饭的人，恨不得吃一口菜能吃一碗饭。

“吃饭吃饭，不吃饭怎么叫吃饭？”面对我的赞叹，大海讲出了一句很有哲理的话。

◇

大海的故事渐渐清晰，无非是往学校送快递的时候，喜欢上一年级的班主任王晓苗，网购名汪小喵，戴眼镜，爱上她是发现她的粉笔字好看，在黑板上不用画格子，就写得平平直直。可现在大海成了长途司机，别说表白，连见她一面都难了。

请一天假呗，这有什么难的。

“重点不是时间，难处是俺这个人。俺是被开除过的人，她是教小孩学好的。”

我随口问他为什么被举报了。大海说有个男人让他送花给女孩，转头就跟别人在对面街亲上嘴了。他把这事捅给女孩，男人脸上就也带了花。

一个常年在附近卖编绳手机扣的阿姨晃动着字牌和一大把织物，打断了我们的谈话。大海擦擦嘴逐行念污渍斑斑的字牌，老伴儿重病，儿子上大学，自己又是半聋哑人，可这些改变不了手机绳太过难看的事实。我猜大海很可能会买，很可能会买两根非要送我一根，我连拒绝的话都想好了。然而……

“他是电台主持人，你让他广播广播，困难就解决了。”大海向阿姨隆重介绍了我。

怎么不按常理出牌啊。

众目睽睽之下，我表达了作为底层广播节目工作者的无能为力，并购买了两根编绳，同时对大海恨之入骨。

“真是悔得肠子都青了。最后一次送快递，她买的是男人的保暖衣，给她送过去的时候，俺就委屈了一路。其实那次该和她要个电话的，买保暖衣也可能是给同事代买的，也可能是给她爹买的啊。”一盆冒尖的米饭在他的爱情中渐渐矮下去，勺子和盆底产生要命的摩擦声。

我准备走了，大海聊得意犹未尽，自己打包了一个没怎么动的菜，同时把碗筷收拾了，桌子也抹过了，老板娘走过来流露出几秒钟的惊恐。

棚外的空气出奇地清新，大海整个人冒着热气走在我左侧，云雾缭绕地打着饱嗝。我已经很久没跟人同行过，尤其是这么近的距离。“你说俺到底怎么办呢？你两次接电话，跟俺说得不一样。”

我竟然给了两次建议并且不记得任何一次。

“小岛老师，你先让俺坚持梦想，后让俺听从内心，学会放弃，是不是有什么深意？”

“让你坚持梦想，是希望你能守望幸福。让你学会放弃，是希望你及时止损，早日开启新生活。我是想说，该怎么做，其实你内心已经知道了。”我摸着鼻子望着另一侧回答，暗自庆幸他没有看过 *Lie to me*。

“是不是要两种加起来？”

我急于脱身，面露赞许的微笑。

“所以……要改变自己？”

“对嘛。”励志的话我真是一句都不想再说了，他体会出什么就是什么吧。下班后还要泡在鸡汤里的感觉实在太糟了。我跟他告别，钻进了出租车。临走时忽然想到一件事，按下车窗玻璃说，“刚才结账的时候老板娘多给你算了两块钱，我们没用一次性餐具。”

“俺知道，可是俺吃了人家那么多米饭呢。”

他隔着贴了暗色隔膜的玻璃目送我，看不到车里的人，却一直挥着手。再见吧，他应该像成百上千个打来电话的人一样，终于会消失在永不消失的电波里。

◇

前女友离开得很突然，有时候看到她没带走的东西，还会恍惚以为她又去旅行了。走的时候她说了一些狠话，也许我跟她争吵、和解、心悦诚服或者不依不饶，可能都会挽回这段感情。可是我什么都没做，我怕和解和争吵都会佐证她的狠话——我不配有感情。

我们当初好的时候，可是谁都没提感情啊，人怎么就做不到不忘初心呢?

或许从不对感情认真的人遇到一个更加不认真的，就会不甘心吧。这番话我没能用来嘲笑她，如我所说，她离开得很突然。

（三）

过完周末再去上班，工位上多了一袋新大米、一串香肠和一筐半干的红辣椒。辣椒上蒙着水汽，显然是刚从外面拿进来不久。我正要随手搬开，小米从导播室快步过来，踩着没完全套在脚上的鞋。

“这是大海送你的。”

“谁？”

“就是电话被你……上周来找过你的那个。”她尽其所能比画了一个轮廓，“他说你给他兜里塞钱了。说好他请客，你塞了钱，他就白请了，所以送来这些——都是他爸来看他的时候拿的。”

想转送给小米，她宿舍开不了火，拿回去也没用，我只好搬回了家。没想到不想欠人情这件事让我又欠了个人情。

◇

我有女朋友的那会儿，三餐也差不多都在外面吃，偶尔一起做点吃的，也是每样只做一回。找难度大点的，卖相好点的试验，成功了拍照，失败了丢掉，玩的成分远大于吃。像这样大一袋米，应该能玩很多次吧。可能会被她做一次西班牙海鲜饭？一次寿司？一次腊味煲仔饭？还有什么呢，就算两个人的时候，也会吃到长虫子吧。如果让她见到大海，一定会说出很好笑的话来，就像我们第一次见面时那样。

那是一间繁忙的茶餐厅里，我们拼桌，各自玩着手机。服务生第三次上错我点的东西又粗暴地端走，我因为听不懂粤语也懒得争执，没理会他仍在继续的咕哝。她站起身，淡定地从这个服务员眼皮子底下端走两杯不知道谁点的丝袜奶茶，一杯递给我，悠闲地坐下来，并用眼神询问我味道如何。

“丝袜不错。”我装模作样吞下一口冻奶茶，仔细品了品。

“不脱丝，不冲鼻子，有花果香。”她举起杯子，随后把鼻子罩进杯子深吸一口气。

“82 年的。”我闭目晃着杯子。

“那一年雨水充沛，四季分明，阳光充足，香气馥郁。”

两份没有付钱的奶茶碰杯了。

睥睨众生的日子很快就过去了，我们都怕麻烦的社交，我们如此相似，唯一的区别是她认为这样的日子过上两年就不必再继续下去。也正是在她离去之后，我失去了嘲讽的能力。

我把手插进米袋里，干燥冰凉，深不见底。

（四）

我病了。

像父母用来说服我结婚的时候说的那样：不好好过日子的人，

病倒在床上，连个端水的都没有。当时我有千句万句反驳他们，现在却只能舔舔裂开的嘴皮。

父母生活在比这里更小的城市，住着两室一厅回迁的房子。楼不是我小时候那些楼，街却还是那个街。他们在亲朋好友的一致研究下得出一个结论，这辈子最失败的事就是送我去北京读了这个“没用的”专业，并把我如今的“变态”生活也归咎于这个无辜的学科。我众叛亲离，我日渐孤僻，都是因为我自认为明白了别人在想什么。

他们没必要知道，我的大学同学们有的在做研究，有的开了芳香理疗会馆，有的成了专栏红人、医生、市场顾问、志愿者，从朋友圈里看，他们也大多有着稳定的生活。唯一值得庆幸的是，我现在主持的这个节目他们大概一辈子也不会听到。

我昏天黑地地待在房间，放弃等待那个要了三小时还没到的外卖，勉强起身，想找点立刻能吃的东西。

一串皱巴巴的干辣椒，一袋大米，和一串香肠，我这才发现香肠上还拴着一张字条，边角都被油浸成了透明，写着他要去做改变，让我不要担心等字样。我赶紧找出电饭煲煮上米，手不断发抖，被压抑的饥饿因为见到食物突然成了猛兽。

米刚进锅我已经吃下一根香肠，草草咀嚼，囫囵吞下，来不及辨别咽下的是急速分泌的唾液还是咸鲜的肉汁。我用几杯凉水又送下了一些香肠，感觉身体渐渐苏醒。然而就在电饭锅冒出暖香的时候，陌生的眩晕和绞痛从四面八方涌来。

我被迟到四个半小时的外卖员送到了医院。

◇

同事代班两天后觉得应付不来，把我的时段改成了影视金曲欣赏，领导打来电话，让我安心养病，影视金曲也是很好的。后来小米打电话来，吞吞吐吐地问能不能让她代班，说不想让这么好的节目被砍了。肯定是怕影响她的实习报告吧。我痛快地答应，数着药水从针管到血管，一滴一滴，睡着。

醒来的时候面前多了一个人，似乎不是医护人员，他手中拿着一把刀坐在我床边，比这更恐怖的是，他手边已经削好了一大盘瓜果梨桃，见我睁眼，抬头咧嘴一笑。

“小岛老师，你吃！刚醒肯定口渴！”他手里攥着刀就把盘子递到了我跟前，刀比任何一个水果离我都近，我下意识地往后一缩。

“俺问了护士了，能吃。”刀离我又近一寸。

我猛然回忆起这奇怪的口音，再仔细一看面前的人，竟然是大海。

但是再也不是胖大海了。

他结实方正，精神十足，一个移动弥勒佛忽然成了几十年前宣传画上的健康青年男子。

“你可太有本事了！那个香肠是生的，吃之前得蒸啊！你没看见纸条吗？”

为了表达感谢请吃饭，我悄悄给他塞了钱，那这顿算白请了，必须送我吃的弥补，吃的把我吃坏了，按照他的逻辑这还得算他的，必须由他来送病号饭。

我扭过头，看着对面楼上的红色十字，简直想祈祷。

◇

减肥只是大海做出的改变之一。他还辞了夜车司机的工作，报了一个英语班。在接下来的几天里，我不得不忍受“你咋才吃半碗noodle”和“俺打开door，给你换点新鲜air”之类的表达。他在照顾我的间隙咨询表白前他还需要解决什么问题。我什么都不敢说，我的任何敷衍他都会拿小本记下来，成为接下来要完成的事，所以我只好反问他目前最大的问题是什么。

“俺最大的问题不就是胖吗？”

我觉得不是，但相比他的傻，确实胖更好解决。说什么他都信，还一信信很久，有个现实点的奔头还能让他活得容易点吧。于是我建议他努力接近目标，比如找个能接触到暗恋对象的工作。得知我是因为外卖迟到才在重感冒之余又得了急性肠炎，他一拍大腿，当即决定去那个学区送外卖。我也当即决定出院，我连谢谢都不敢说，生怕又陷入他的人情圈套。

（五）

父母还是得知了我生病的事，不顾我反复强调已经好了，执意来看望。跟料想的一样，我作为世界上最失败的人，从个人习惯到人际交往被指摘得一无是处。我看着老得有点陌生的父亲一直忍耐，直到母亲拿着前女友的照片边哭边让我去找人家道歉和好，让我不要辜负她。我终于崩溃了，像青春期的孩子一样摔门出走，走到街上才发现离开的是我自己的家。

我无处可去，只好走到单位。同事老耿正蹲在门口抽烟，一言不发。他拥有一个比我的节目更蠢的节目，在这家交通广播念四处抄的笑话，并配上愚蠢的音效。不知道堵车时候听到一万年前的笑话，会不会更想死。我蹲在他身边也点了支烟，烟尽的时候说辞了吧，我们做这行当能图什么呢？

老耿茫然："我挺喜欢的啊！"继而又露出那种神秘的沉默，"愁死了，我老婆说楼下菜场的小菜不好吃噢，这个点去东郊菜场，可是要塞车的呀。"

你永远无法走进你不能理解的生活。

我回去的时候，父母已经走了。屋子变得明亮整洁，前女友的东西都被封在了一个纸箱里，冰箱里放满了食物。

他们为什么要这样做，为了让我因为没有做错的事内疚吗？我气急败坏。

◇

大海撞到枪口上了。我早早去到台里，没想到他更早地等在那儿。他似乎胖回去了一些，在阴影里，如同一座忧伤的山。他真的找了往学校附近送外卖的差事，却担忧地发现最近小王老师都定了两份饭，付钱的却是另一个男老师。他买了新衣服准备正式告白的这天，他看到两个人把盒子凑在一起吃了。好像一个观察入微又伤心欲绝的变态。他上前拉我的手，我立刻甩开这黏凉的触感。大海惊讶了一下，旋即恢复平日的热切。

“小岛老师，你看俺怎么弄啊？你给拿个主意。小岛老师？”他在我身前身后转着，环绕立体骚扰，我拉开椅子坐下去，告诉他我要工作了。

“晚上打折，咱一人一个。”他甚至掏出两盒外卖，“没事，俺在这儿等你。你说了怎么办俺才踏实了。”

我看着餐盒忽然怒火大发：“我不知道怎么办！能不能不要问我了？我接你电话那是工作，告诉你的都是瞎编的，我不关心你该怎么办，明白了吗？”

“咱一块儿吃过饭啊。一块儿吃过饭就是朋友了。”

“谁跟你是朋友？哪有那么多人生经验？管用我自己不会用吗？认命就行了！人就应该打断牙齿往肚里咽！想励志是吧，天桥底下推三轮卖书的知道吗，十块钱三本！”

我知道自己喊得很大声，连小米都不能假装听不见了，她仿佛对大海说了一些什么，送他离开了。

◇

我一动不动坐着，等节目开始，只有开始了才能结束。明明记得自己只早来了一会儿,却像等了几小时。我注意到小米盯着我，我有些不自在：“如果你现在才觉得我浑蛋，说明你观察力太低下了。”

“小岛老师，能说出‘如果海上没有灯塔，请来我这里停靠’这句话的人，不会是浑蛋。”凝重的表情在她年轻的脸上稍显违和。

忽然听到自己节目的广告语，我愣了一下：“那是我初恋女友在我抑郁的时候说的，临时想不出别的就用了。”我挤出一个邪魅狂狷的微笑。

“那你可能真是浑蛋。”

这是今天第二个人在我面前扭头就走。我竟然还被这个小丫头骂了。我赶紧把导播台切换了，身兼二职，干出撂挑子走人这种事，你还想让我签实习报告?

（六）

不知怎么回事，此后电话那头的人，常常变成别的大海。口音、用词、语气，我以为自己又会爆发，可耐心好像被奇怪的东西激活了，说那些没有用的话之前，竟真的听了他们的故事。大海被我赶出去后去哪儿了？拒绝他是完全合理的，我以此劝说自己，来忘记那个向我求助的人临走的眼神。

我彻底康复了，想找地方庆祝忌口结束，走着走着就到了和大海吃饭的地方。天暖和了，塑料棚拆了，新增的凉菜和烤串广受欢迎，人和酒瓶都更多了。大海应该不爱吃这些吧，他喜欢吃饭。我想到那一大盆饭，忽然很想笑。

我搜集了小学附近的所有外卖，每天叫了外卖在校门口等着，身边堆满饭盒。第三天中午，头戴小红帽的大海骑着电动车停到我面前，看到我他久久张着嘴，双手也停在后座保温箱上方，好像一个一二三木头人的资深玩家。

我一把抓住他："饭太多了，帮我吃点。"

◇

坐在人行道绿化带的垃圾桶旁边，大海吃了我好几份饭，这样他又欠我一顿了，这正合我意。

“就明天晚上怎么样？”我主动邀请。

大海有些为难：“明晚约了女朋友。”

我惊喜交加，狠狠擂了他一拳：“你行啊！王晓苗老师答应你了？”

大海脸红了：“不是。”

大海的新恋情开始得很简单，辅导员白阳老师送一个班级放学，她一手牵着走在最后的小朋友，一手使劲儿往挂脖手套里塞，塞了很多下怎么都塞不进去，又不想撒开小朋友，就把大海逗乐了。大海停下车子，上前帮她戴上了那只手套。

他们的故事就这样开始了，没想到，这个执着的、痛苦的灵魂，这个愿意为爱减掉五十斤肥膘的痴情汉子，这么快就变心了，而且还挺幸福。

大海说：“明天商量好了，她跟家里说俺的事，要是家里不同意，她就搬出来，跟俺住。”大海羞涩甜蜜地低了头。

我替他高兴，他找了个有主意的姑娘。或许他的人生再遇到困难，可以不用四处求助了。

然而大海说：“小岛老师，俺能有今天，都是靠你指点。一步一步，都是你教的。你别不承认。”

我怎么会不认呢？如果一件事之于你是有意义的，就算它对我来说没有意义，也会是一件了不起的事。

（七）

故事的发展并不怎么励志，我还是没能爱上自己平凡的工作，还是难以跟父母相亲相爱，也没有追回恋人，甚至连那个游戏也是靠查攻略才通关的。我只是多了两个朋友：每顿吃一盆饭的大海，和他笑声惊人的女朋友。

小米得到了我的推荐信，我辞职之后的一段时间，她将作为新的主播继续这个节目。我问她知不知道这家穷抠电台本来根本不打算雇佣实习学生，只是要一届一届的年轻人来充当廉价劳力。她说当然知道，可是她喜欢这里。

为什么呢？

她坐在只有按钮发出亮光的导播室："因为这里黑啊，这里黑，就看着外面亮。"

“狗舔盘子一样爱你，反反复复不留余地。”

不孤独的美食家

什么我们终将重逢，生活又不是鬼打墙，消失就是消失了，人海茫茫，前路杳然，你再也找不到她，也永远不会有替代品。

◆

11站，37分钟，27.5公里，他每天独自坐这趟地铁上班，已经坐了两年半。

而下班的时候他会去不同的目的地，如果有同事提出跟他一起走，或者送他一程，他会觉得受到了攻击。慌乱的拒绝和荒唐的借口反馈了这种尴尬，渐渐地便没有人再问他。

八点十五上车，一站经过学校，一站经过有湖的公园，一站经过那家经常挂不上号的医院，一站有网站云集的写字楼群，一站是已经败落的小商品市场，一站是体育馆，一站有大片的4S店，第二年秋天他摇到号的时候去看过一次，后来就任由那难得的买车资格作废了。最后一站，就到了城郊，他也只在线路图上看到过。

◇

这趟地铁是条巨大的疤痕，歪在城市一角，像一个不美好的侧切，值得铭记却不忍直视。每一站会上来什么样的一群人，他已经能猜个大概。以此为根据他会预先挪一挪位置，保证能面对车厢中间的电视屏幕。

漫长的公益动画和电商打折信息之后，她就会出现。那档节目叫作《地铁吃客》，名字毫无惊喜又无可挑剔。

她的节目每周一、周四更新，介绍地铁周边甚至站内的“美食”。他们大多有艳丽夸张的招牌和由网络热词构成的店招。她每次都要表现出惊喜，好像这家人均数十元的店是伪装后的金银岛。她甩甩短发挥手招呼屏幕前的观众，她翻着菜单说怎么办都好想吃好想吃，她眼巴巴地看饭菜上桌饱含期待双手合十，她掰开筷子吃下第一口就捂着嘴发出含糊的惊叹，她把词库里为数不多的赞美翻来覆去派到每一个站口。他静静地站着，周围人变得模糊不清，像一场持久的退潮，在节目结束的时候才再次涌来。“跟着轨道走，美食站站有。”她跳起来说道，他跟着脚下不稳，小腿肌肉一紧，好像跳起来的也有他。

屏幕里是他每天晚上的晚餐。她介绍什么，他就吃什么，每周换两家店。她说“新开的炸裂牛丸很 Q 很弹牙”，他就去逐颗咬开善于在牙齿间滑开的肉球；她说“女汉子涮涮锅好吃哭了”，他就去那个贴满粉色拳头贴纸的店里点一份自助。他能感觉得到，吃饭的时候她都在，连同她夸张的动作和语气陪在旁边。

她说了太多次“入口即化”“超级新鲜”“原汁原味”“秘制酱料”“麻辣鲜香”“甜而不腻”“食指大动”“等不及了”，那之于他，就是“你回来了，我们吃饭吧”。

偶尔会有其他乘客也看一眼屏幕，他的潮汐就被破坏了。他听到一个姑娘对另一个说，最烦这个装逼玩意儿，天天跟嗑了药似的，吃个屎都能高潮，我就不信她真吃。他听到一个男人从手机上抬起头，听着她说锁在烤肠的肉汁会喷到嘴巴里，从白框眼镜后猥琐地笑出来。他还听到穿校服的小女生偎依在小男生怀里说“周末我们去吃吧”，男孩胡乱点点头继续攥着她的手亲她的头发。

没关系，其他时间，她都是属于他的。

◆

每天从地下钻出来的时候，都会有不真实的感觉，如同第一次破土的植物，站在光明里不知所措。冬天像忽然摸到的一面凉冰冰的镜子，夏天则是蒸煳了的饭被猛地掀开了锅盖。他走过一万个扭着身子坐在三轮上拉活的人，他们讨论着谁捡了个钱包，谁被抓了，谁冲向人行道翻了车，谁回老家结婚了。

可是他身上一直没有什么事情。今天，昨天，都没有什么事情，前天，大前天，大概和昨天也没什么区别。哦对了，她的节目好像有了新的赞助商，她已经穿了两周各种颜色的带水钻的圆弧翻领上衣，吃馄饨说汤很棒很浓的时候要按住胸前的丝带蝴蝶结。

今天他坐在一个大排档里，前天她推荐了其中一个铺子，他已经连吃了两天。他平静地喝着添加剂汤，心想人与食物的关系除了品尝，还可以是适应啊。把自己交给食物，也没有什么不妥。日落黄、胭脂红、吉利丁、香草精，跟你不期待与同事义结金兰，不期待一夜成名身价倍增一样，这只是平常的一餐。

可是他听到了她的声音，不是来自屏幕更不是脑海。她在他身后不远处。

她在录另一家铺子的节目，正坐在油烟顿起的铁板饭面前惊呼："好烫，好香！"她挥舞起筷子，摄像机推向她戳破煎蛋拌饭的手。

节目很快拍完，中途有两个路人对着她拍了两张照，她白了一眼，没有制止。摄像师收起机器的时候，她一把脱下了水钻上衣，举胳膊的刹那露出了肚脐处的文身，一棵彩色的树和它黑色的倒影。她流畅地骂了制片人和另一个女主持，骂了赞助商，还低声骂了这家店的老板。语速缓慢，音调低迷，世上最温柔的脏话。摄像师笑着拍了拍她的肩膀，她似乎也没打算获得更多的回应。

可在她身后，他已经跃跃欲试，恨不得立刻为她造一道彩虹下场雪，或者倾囊以供，杀人放火。再或者什么都不做。

他的套餐冷在桌上，入口即化，超级新鲜。

她不快乐。

这个周末他在家做了顿饭，端上桌，围裙也没解开。如果她坐在对面的阳光里，可以静静地吃这一餐，什么都不用说，就慢慢吃，不被任何人观看。

这次不是你陪我吃，是我陪你。他拿起一根烟，想想怕打扰她，也没点。

◆

周一上车前他突然有点害羞，仿佛昨天的独角戏是公之于世的表白。他在人流涌来前准确地站在屏幕前，在节目前奏里狠下心抬起头，看到的却是另一位主持人。鬈发，台腔，穿着带水钻的圆弧翻领上衣，没有任何自我介绍，好像她生来就是在这里主持。

他差点被挤下车厢，反手抓住栏杆站好，衣摆却被挤在门缝里。接下来的几站是对侧门开，他一时间抽不出衣服，也挪不开步。可就连这出丑的一幕都没人注意到。他成了树枝上挂的塑料袋了，成了被水草钩住的浮尸了，还是没人注意到。

几站之后他这侧门终于开了，他走下车又回转身，任凭别人嫌弃地从他身边挤过去。我以后吃什么呢？站台上这阵风走了，下一阵风还有三分钟。如果我跳下去电死，会被用什么形容呢？是外焦里嫩，他想着，嘴边露出一点微笑，似乎是释然了。像阳光曾照耀到你，风吹过脸庞，像花香扑面，山川醉人，海浪惊心，它们并不该为你的动心负责啊。

什么我们终将重逢，生活又不是鬼打墙，消失就是消失了，人海茫茫，前路杳然，你再也找不到她，也永远不会有替代品。

◇

他径自去了一家陌生的小饭店。远离地铁，远离主路。他随手指了墙上离座位最近的两个菜的图片。“这会儿客人有点多，您可能要多等会儿。”老板娘抱歉地笑着。他点头示意没关系。

老板娘的女儿从柜台下举着一个画本钻出来，一头撞进母亲怀里，老板娘惊慌地稳住手里的盘子，待低头看到女儿的脸，又一副生不起气来的样子。

鱿鱼花在小炭炉上渐渐卷起来，砂锅里的豆腐吸饱了汤汁翻翻滚滚，小女孩在妈妈并不严厉的怪责声中坚持当一只跟屁虫，他看着这一切，一瞬间有了家的感觉。

可是那些在啤酒杯里叮当作响的冰块，那些十分钟后会自动熄灭的燃烧着的酒精，连同老板娘脸上的笑，都端到别桌去了。

适时转过来的风扇瞪得他每一个毛孔都猛地收缩。他的眼眶一下子像被烧着了。

偶尔还是想有个人一起吃饭啊。

“不言不语，触碰你心底保留的那一点点软。”

漂浮之城

你知道吗，北京以前是海。

◆

迟宇从床下的红塑料袋里掏出最后一包方便面，沿着粗糙的锯齿连撕了四个角，还是没能撕开，他咬住袋子猛一偏头，碎面渣渣掉了一地。

这是一栋三层小楼的半地下室，楼前面有个小院，楼后身儿临街，一楼多是商铺。迟宇这间屋临街，每天见不到多少人，但能看到很多人的鞋。太阳将落的时候，这条细细的窗户会透进为时极短的夕阳，这迷人的金红光亮会晃得人暂时看不清屋里的潦倒。

三头的电源被别人占着，迟宇等不及，就用早就不烫的水冲进碗里,多泡会儿就得了。破碎的干葱和胡萝卜随着面饼浮上水面，迟宇又从床下抽出一本封面是女明星的杂志盖在碗上。杂志是上个房客留下的，在床底下厚厚的两捆，扎得方方正正，却没卖也没带走。迟宇不停掀开杂志戳面，面还是执着地硬着，这会儿想再烧开水泡，又怕仅有的这点料味淡了。

饥饿烧空了他的胃和脑子，这日子和他之前的想象太不一样了。两个月前他在火车站排了一宿的队，揣着怦怦跳的心坐上了开往北京的火车。脸对脸的硬座好像让人格外健谈，迟宇从口沫横飞中抓取了一个又一个一夜暴富的故事，仿佛那里的奇迹像城楼前的红旗一样每天升起。

他来了，成为这个三居室的第十四位房客，成为二王庄尘土飞扬的万分之一。如今撞大运的念头已经退化成对温饱的维系，他在弹尽粮绝的边缘终于明白，传言和方便面包装上的图案一样，仅供参考。

第六次掀开被蒸汽浸透的杂志，面终于能吃了，女明星浮肿着被扔到一边。街边人声渐渐嘈杂，迟宇刚抄起筷子，一阵比调料包还要多的灰土，连同尘埃的呛味飘进来，落上了他的桌子，一截被嘬到底儿的烟头瘪瘪地躺在刚拌好的面上。迟宇抬起头，半空的灰尘浮在光柱中。大拖拉板儿不急不慢地远去，它们的主人还痛痛快快地吐出一口痰。一股堪比杀父夺妻的仇恨腾地冒上来，迟宇冲了出去。

那人当然已经不见了。商铺林林总总，行人如织，他不可能凭借一双澡堂子款的蓝拖鞋揪住作案的人，他不断用吼声质问着，重复着他有限的脏话和无限的愤怒。

下班的人渐渐多起来，隔壁两元店的广播盖过了他的声音，迟宇意识到他在路人眼中成了一个上蹿下跳不知所云的疯子，终于上气不接下气地停下来，险些朝后撅过去。

“抽烟吗？”说话的是迟宇同屋的男人，不知道什么时候站在了他旁边。迟宇住的这间屋子被隔成三间隔断，这头是他，中间住着两个睡上下铺的女孩，再往后就是这个男人，只知道姓陈，见面点头的交情。

“哥带你吃好的。”老陈见迟宇不抽烟，也不放回去，两根一起点着了叼进嘴里，揽着他肩膀就走。

◇

如果迟宇不是饿急眼了，或者早知道“吃好的”是这么个吃法，绝对不会跟他走的。

两条街以外有条坑坑洼洼的坡道，傍晚开始就成了小集市，生熟荤素，走一趟就齐全了。老陈买了豆腐和粉条让迟宇拎着，走到离肉摊还有十几米的地方一努嘴。

迟宇按照计划，让老板切了一整个牛肚，有一搭没一搭地讲价。老板把袋装好放在案边，抹着手等他掏钱，这时老陈从来路窜出来，弯腰抢了袋子就跑，瞬间消失在密密麻麻的人群。老板操起刀，追出去骂了几句，也只能作罢。迟宇陪着一起骂了几句，劝老板破财免灾，一脸遗憾地踱步离开，在下个拐角会合了咧着大嘴的老陈。

出租屋院里有口巨大的铜火锅，平常就竖在墙边，旁边不知道是谁买的木炭，再旁边不知道是谁给它配的一个铝垫盘，都跟铜锅一样来路不明。迟宇和老陈在院里支好了锅，水和人同时热闹起来。

不断有人带着一捆青菜或者一袋丸子，自来熟地加入战团，马扎不够了，就垒几块砖坐下。清透的汤底翻滚成一锅浑浊的汤，谁也猜不出下一筷子能从深不见底的锅里捞出什么，地上各种牌子的烟酒推推让让间再也分不清主人。迟宇已经很久没吃这么饱，也很久没跟这么多人吃饭了。有人说这口锅是之前租在二楼的那个饭馆老板留下的，合伙人跑了，他拉了一堆东西回来抵债，卖不掉的东西散来散去，还剩下这些破烂。也有人说这就是偷的。不管怎么说，迟宇都对眼前的大锅心生感激，吃饱之后，他又变回了正常的人格。

老陈见的世面多，话又赶趟儿，姑娘媳妇都被逗得前仰后合，很快成为这个派对里当仁不让的男一号，真真假假的段子混在烟雾和蒸汽里，他指尖的烟头一明一灭，好像比别人都更亮些似的。

邻居们歪歪斜斜地起身，嗝屁连天地回到各自的房间。老陈叫住几个跑得慢的，一块儿收拾了垃圾。这天晚上迟宇睡得格外暖和，斜对面小两口制造出的噪音也似乎更大了些。

第二天众人又恢复了冷漠，迟宇刷着牙想跟后面排队等厕所的人打招呼，对方却只是不耐烦地揉着肚子，对他毫不理睬。如果不是院子里那口铜锅还结着一层油板，迟宇简直要怀疑昨晚那顿饭的真实性。看来周日房东来之前，这锅是不会有人刷了，到时候她一定会挨家挨户骂一遍，同时把院子清扫得像上周日一样干净。

◆

迟宇从此就跟着老陈干了。他到北京的前一个多月都没有找到工作，招小工的倒是不少，可迟宇总觉得，他来这儿不是铺地漆墙的，房子哪里没有，何必大老远跑到北京来刷。穷能磨脾气，没多久他乖乖去大酒店当了三班倒的停车场保安。迟宇不会开车，拿不到帮忙停车的小费，主管从他这儿抽不着成，自然也就不待见他。这活儿他做了半个多月，最后主管只结给他一星期的工资。迟宇没计较，他要去干大事了。

老陈是个业务员，每天最多的事就是聊天，见面聊，电话里聊，喝茶聊，洗脚聊，火车站拦着聊，银行门口堵着聊。“谁要吃饭？嘴要吃饭呗！嘴要吃饭，就得让丫自己挣去！”老陈如是说道，他坚信耍嘴皮子这能耐，能从春秋战国时期吃到外星统治地球那天，“就算到那天，咱还能当个球奸呢，他外星爷还不得赏口饭吃？”

迟宇终于跟家里打了个有底气的电话，给爸妈念了他新印的名片，经理助理这个头衔，他故意轻描淡写了，激动得唇干舌燥，却好像不怎么在意似的。

第二天起，迟宇就开始“跑业务”了。老陈教给他的第一课是在火车站，迟宇在这见识了一个完全不一样的老陈。

◇

老陈叫陈朝阳，生在辽宁省朝阳市，却自称第二个字念“招”，也坚持让父母改口，“啥朝阳儿朝阳儿的，当我是大瓦房呢？除非你们给我妹妹改名叫背阴，否则我就念‘招’。”妹妹当然不可能改名，家里人也就只好认了。陈朝阳努力学了一口京腔，掺着他的东北话，不这不那的，再加上力求潇洒成熟却不得要领的站姿，任谁看上去也很容易以为他是个混子，尽管他工作起来又勤快又努力。

老陈在火车站拦下看上去有需求的人，先借个火，趁机热情攀谈，天南海北侃下来，对方就把要做的事全秃噜了。这时候老陈一拍大腿——怎么就这么巧！他刚好就有这人需要的门路。老陈可不是瞎说，他的电话本，足足有《现代汉语大词典》那么厚，密密麻麻地记着各种厂家和个体户的联系方式。他只要先把话说出去，再仔细翻翻他的电话本，总归能找到相关的人。就算刚好没有，或者对方已经不接他的电话，这一本子的人，总能搭桥牵线，帮他把话圆了。拿到中间的提成，再和老板分一道，剩下的就是老陈跑腿间的收益。

“不为挣钱，就为认识人。谁局气谁鸡贼，都放事儿上最能掂量出来。”老陈跟迟宇解释他的规划，“早晚得自己单干，现在把路铺好，往后就光剩了走了。”

本子里有手写，有剪报，手写乱得像画符，老陈说这是他的独家防伪防盗标志。他从寻呼台买信息，去展销会上蹭名片，甚至翻富人区的垃圾桶，以及日常永不停歇地套磁，本子也就越写越多，越背越熟，越翻越烂。想要他的命根本不用动刀动枪，一把火烧了他的通讯录就完了。迟宇被授权翻阅本子的时候，老陈这样告诉他。

生计总算不成问题了，迟宇对成功的想象也不再那么急切，他终于有心情好好看看这个城市。北京太大了，有时走太远了就会想问自己这儿还是北京吗。天安门比电视上小一些，故宫比画片上暗一些，从过街天桥上看下去，一辆辆黄色小面穿成串，像奶奶挂在房檐底下的老玉米。太过无聊的夜晚，老陈还带着他钻进过不远处的颐和园破漏的围栏，坐在老佛爷的亭子里，就着烤腰、鸭脖喝点风或啤酒。风一吹，水味草味泥味都随着芦苇丛动起来。“北京以前是海，你知道吗？”迟宇忽然想起高中时看过的闲书。“吹牛逼呢吧。”老陈不信，没等迟宇说话，他又改口道，“你别说，还真有可能，水能生财啊，要不这里怎么出大人物呢！”他拍拍迟宇的肩，“知道哥为什么不搬家吗？二王庄是个好彩头，我就等一个兄弟呢，咱俩，就是大小王。”

迟宇总觉得这种说法不真实，但还是不由自主地跟着振奋。每当他觉得前途渺茫，老陈总是刚好有一个激励人心的故事，让他相信奇迹时刻发生在这个城市的各个角落。

老陈打开小臂长的大手电筒，突兀的光束骤然照进湖水，芦苇丛里扑簌簌飞出一只什么，又飞出一只什么，老陈哈哈大笑，另一道手电筒从远处亮起来，听喊声像是巡夜的人，他们连滚带爬地跑了，跟苇荡里的鸟没什么区别。

隔壁的两个小姑娘搬走了，老陈搬到迟宇旁边的那个隔间，正式成为了他的人工闹钟。每天五点一刻，他照着墙咚咚擂几下，迟宇就爬起来。这会儿是厕所和水龙头的空当，最早的那个人五点起，再晚是五点半，他们就用中间这个空儿完成蹲坑和洗漱大业。迟宇还会用凉水洗个头，让炸花一样的头发重新服帖，也让他从早晨的困顿中清醒过来，只是天冷了，一出门难免满头的冰凌子。老陈骂了他两次，也就随他了。

跟人攀谈不是迟宇擅长的事，然而他哪有什么擅长的事呢。迟宇不像老陈，遇见生人也能姐妹兄弟叫得像失散多年的亲骨肉，他踏踏实实学了抽烟，和如何做一个不恐惧社交的人，眼镜和他的稚拙意外给了他不少加分。迟宇接的活儿不大，多是租房找铺面的小事，可老陈的老板对他招的这个新手很满意。可他们没想到，老板满意到想把他俩带走，随他南下一起发财。

老陈跟老板掰扯半天，都没能让他改变北京气数已尽的想法，老板也没能让老陈认同南方的财路更野。

“南蛮子靠不住。”老陈恨恨地总结道。迟宇没看出南下与北上有什么本质上的不同，可老陈好像认定了，离开北京是某种难以想象的背叛。

迟宇没有反驳，当然也没有跟着老板单飞，他一言不发地陪着老陈失起了业，反正这里从不缺失业的人，也没见谁饿死。

◇

两人像往常一样，坐在胡同里看着来回的人，一连好几天。两排房子从上到下都在往中间扩建，一楼多刨个院，二楼多封个阳台，中间的道路日渐窄了。这天他们看见分住两边楼的小伙子和姑娘用竹竿子从窗口来回传递了几个水果和洗好的衣服，难得地笑出来，猜测着是楼先连起来，还是他们先住到一块儿。“你看过《白雪皇后》吗？一个童话。”

迟宇没想到老陈问出这么个问题。

“有一年我妹妹要看《白雪公主》的小画书，我给买错了，买成了安徒生的《白雪皇后》。回来她就哇哇哭。我就一遍遍念啊，告诉她这本也挺好看的，念到最后，她还真喜欢这个故事了。我又挣了钱，给她买了《白雪公主》的书，她说是高兴，可是根本没看，小丫头片子，可能又有别的喜欢的东西了。”

“为什么想起说这个？”这是迟宇第一次听老陈谈起他的家人。

“没事，那个故事开头说的就是俩小孩，小男孩小女孩，也是一人一边住这种脸对脸的小楼上，俩人整天跨窗户串门。”老陈把烟嘬到了头，“剩下讲啥我忘了。我家没人喜欢看书，我妹是基因突变。”。

迟宇也看过那篇童话，故事的开头是魔鬼造出了可怕的镜子，那镜子的碎片掉进谁的眼睛，谁就会只能看见丑恶，心还会变成冰块。老陈记错了。他看得出老陈其实很焦虑，房东老公胡大碗来指点江山的时候，老陈都难得地沉默了。

跟女房东的冷脸不同，胡大碗每次都能挑出点社会话题考考这房子里他能看得上的人，大多数时候对象都是老陈——香港楼市会不会落？重庆成为直辖市之后哪个省人口排第一？人吃了克隆羊会不会不孕不育？不管回答的人说什么，胡大碗都能扯几句更高明的见解。这次胡大碗刚收了房租走，女房东就大喘着气赶来了。一问房租已经被收走了，站在客厅就骂开了："不是让你们别给他吗！这下又拿去赌了啊！"她坐在门口哭了一场，把院子打扫了一遍，又拧拧各处的水龙头，走了。老陈在她走后出去遛弯，没多久从迟宇那扇小窗户里露出半个脸，"咱单干吧。"迟宇吓了一跳，对着老陈横着的脸识别了很久，急忙点头。

老陈成了皮包广告公司的法人。他对迟宇说，当法人可不是好事，钱不多挣，出了事还得负责擦屁股。聪明人合伙做买卖，都争着不当法人，可他是老大哥，必须担事。迟宇可不敢留什么屁股等人擦，他已经设想了最坏的情况，算计着之前存下的那点钱，要养他和老陈俩人，能撑多久。

老陈在门头房摆上大大小小的几幅广告成品，自然都是别人做的；桌上摊开着纸笔长尺各式材料，自然也只是道具。两个外行支开似是而非的架势，等待着更外行的人来。迟宇和老陈做好了打持久战的准备，却没想到开业的第一天，生意就来了，条件简单到不像一个生意。对方只是让他们设计几个广告牌，投放到几个街区，就拍下了定金。老陈拍着胸脯套下白狼，等客户一走立刻行动起来，从工艺美院的学生到商场主管的小舅子，粗糙的流水线就此形成。

迟宇刨去成本，这一单他们净赚两万。

迟宇在震惊中呼哧呼哧喘着气，他很想靠“三年不开张，开张吃三年”来劝自己平静下来，又怕老陈骂他乌鸦嘴。老陈抖着腿，抽着烟，努力表现出这一切都在他意料之中的样子，却根本没有掩饰住他同样的狂喜。

迟宇按捺不住给家里打了电话，他想了半天怎么解释一天一万不是坑蒙拐骗来的，可父亲听完只是笑笑:“那敢情好，你别回来了。”

老陈和迟宇一人塞着一卷钱，打上面的驶向市区。两侧窗户打开，热通通的风打在脸上，分不清是凉快还是热。等他们第二只烤鸭吃到一半的时候，老陈才发现自己那卷钱不见了。迟宇惊得饱嗝都咽了下去。

面对民警的询问，俩人一问三不知，别说怎么丢的，甚至连在哪儿丢的，什么时候丢的都说不清。警察面前的本子上一个字都没写，在桌上转着茶杯盖慢悠悠地问：是不是忘在出租车上，不确定；是不是在路上被偷了，不确定；是不是在饭店丢的，不确定。您看咱这案还报吗？

迟宇和老陈闷头坐上了熟悉的983，车里浊重的气味随着车体晃晃悠悠，老陈沉默半晌，像想起什么了似的：“今儿个咱俩该打一轿的啊，妥妥儿的得带空调啊！”

下车老陈执意给迟宇补上一顿，本来就说好他请客的，不能坏了规矩。他没事人儿似的教育迟宇：“这都常有的事儿，人一天不能遇见太多好事，容易膨胀，得好的坏的，掺和着来，这样的日子才有劲儿。”老陈渐渐大了舌头，声音也高了起来，迟宇催他回去，老陈非要去先撒泡野尿。他走出店门，看到街对面斜着横停了一辆加长林肯，卖花生毛豆的大妈只能抬着自行车小心翼翼地绕过去，老陈忽然来了气，问了几声是谁的车，也没人搭腔。

老陈猛然跳上车前盖，冲着玻璃大尿特尿起来。迟宇在屋里抬头，看着一个全身白西装的中年男人走到车旁，跟老陈说了几句什么。老陈又跳又叫，白西装平静地踱开。迟宇赶紧冲出去拉老陈，老陈捡起了砖头，一定要教训教训这王八蛋车主。

迟宇一把摁住老陈夹在腋下，一手拦了辆红富康。就在同时，旁边的酒店里蹿出来五六个精壮小伙，拎着棍儿飞奔而来。迟宇把老陈塞进车，一边关门一边催促师傅快走。迟宇在车后窗看到四个小伙钻进了车正在掉头，另外两个上了一辆摩托率先追来，白西装好整以暇地站在门口望了两眼，转身进门去了。迟宇慌得心怦怦跳，老陈手里还掂着砖头，还在骂骂咧咧。

“师傅，能甩掉摩托车和后面那车吗？”迟宇从一万块那卷钱里掏出一把扔在前座上。

司机瞥了一眼那钱，没说话，速度却着实提上来了，摩托车几次快要追上，都被富康一别，又窜远了。

“这帮打漂儿的小兔崽子，真动起手可把不住。也就遇见我了。”司机好像乐得玩一出追逐戏，方向盘和挡把子在他手里流水似的。车开到开阔的路段，林肯一路鸣笛挤开旁车，从左侧满载着脏话突上来并行，副驾驶上的小伙子一棍子戳过来，出租车的窗玻璃就裂开了蜘蛛网。司机气得猛一踩刹车，迟宇以为他要下车找他们理论，吓破了声连喊别停，又是一把钱扔过去。司机刹车后急转方向，朝胡同里开去。林肯拐出一个大弯跟上来的时候，富康已经钻进了新的分岔。司机穿过两横两竖胡同，面前豁然便是河沿了。他把车往河与路之间的堤岸一停，熄火灭灯，掩在高草之中。刚刚追上来的摩托车果然呼啸而过。

司机得意地缓缓倒车：“还嫩呢！”

夜色已经深得很了，一身汗的迟宇坐稳了身子，这才感觉到空调的凉风。在整场颠簸中一直沉睡的老陈倒在靠背上一歪头，笑了：“坐上了，轿的。”

◆

开张的好运气似乎被连续的倒霉事破坏了，一连几个月，他们没再接到任何生意。迟宇坐不住了，老陈还是一副处变不惊的样子："谁一开始就成事儿了？吃得苦中苦，梅花才香自苦寒来，我看你是忘了钢铁怎么炼成的了！"

又熬了几天，老陈也撑不下去了，房子退了，公司正式成为皮包公司。老陈为了庆祝他们螺旋式上升波浪式前进到眼下这艰难的一骨节，又要请吃饭。迟宇知道老陈是面子过不去，推说现在接新人的行情不错，住宿工作一条龙安排下来，也能拿到不少提成，有时候还能碰到意外的好事。老陈嘴上嫌弃着，也跟着迟宇火车站地铁站地跑去了。

迟宇碰到的好事是成了几家企业的固定小猎头，老陈的好事则是认识了芽芽。芽芽是个烟台姑娘，皮肤白得透亮，跟他俩站一块儿几乎一般高，不说话的时候高贵得你不敢搭茬，一张嘴瞬间成为邻家大嫂。

芽芽背着书包，拎着一只方方正正的棕色皮箱，可能是觉得太过男性化，她在盖子上贴了不少贴纸。她经过出站口的时候正值中午，迟宇问老陈要给他捎几个包子还是煎饼馃子，老陈直勾勾地望着逐渐走近的芽芽答了一句："这种小事你自己直接盖章就行了，我先把这篇关于中东局势的社论看完。"

老陈随手抓过一张报纸攥进手里。迟宇一愣，顺着老陈的目光看到了芽芽。此时芽芽已经躲过了几个问她要不要住宿工作的人，见到俩人看她，一脸警惕。迟宇忙不迭把一版包了塑料膜的各类资格证和介绍信展开给她看，好像真能证明什么似的。芽芽扫了一眼，并不在意，把印着治疗尖锐湿疣的广告版从老陈手里抽出来，撇撇嘴笑了。

芽芽大专学的是文秘，很容易得到了一份饿不死也挣不多的工作。她嫌家里亲戚帮她找的房子上班太远，老陈就给她介绍了二王庄。迟宇知道老陈的本意是想让她也住进院里，一声不响地收拾了卫生，还撕了几张杂志，贴住公厕里那些擦不掉的生殖器涂鸦。没想到芽芽连看都没看就决定搬过来了，她在公交图册上查了，这里去单位很方便。虽然没能合租，但芽芽总算住得近了，老陈洗头洗脸的日子就多起来。

芽芽比迟宇闯实得多，没几天就成了大明白，再想朝她显摆点什么就很难了。甚至连他们最熟悉的方圆二里地，她扒拉出的新鲜玩意儿也是俩人从没注意过的。老陈能一展身手的地方，多是替她办一张假学生证半价乘车，或是在附近饭馆被老板送个菜之类的。迟宇发现，伶牙俐齿的老陈在芽芽面前说话总有些颠三倒四，甚至没了话题，只是听着芽芽叽叽呱呱说着每天的新鲜事。

颐和园的老墙洞现在多了一个人钻。芽芽喜欢在这儿盘着腿吃膨化食品，像一只欢快的啮齿类动物，芦苇的气息也被香辛料的味道掩盖了。迟宇总觉得有东西破坏了原本景致的安静，他不确定是不是自己，有时候就假借散步走远一些，但很快会被老陈叫回来一起坐着。

“你知道吗，北京以前是海。”老陈忽然转过头对芽芽说。

芽芽不信，老陈便让迟宇佐证他的说法，迟宇赶快点头。

芽芽停了手中的零食严肃地表示同意：“那我们这个亭子，就是船变的。”

这玩笑有点让人伤心似的，老陈还是乐了，因为芽芽把零食袋递到他面前，他伸手进去，隔着包装纸碰到了她的掌心。

◆

老陈踏实守着车站的时候更少了，他用坊间大量的消息向迟宇证明，现在买房子和股票，傻子都能赚大钱。迟宇看不出这些和他们有一毛钱的关系，老陈和他一样不懂那些红红绿绿的曲线，更不可能买得起房。老陈神秘一笑：“咱没钱，别人有啊。”老陈的借鸡生蛋的计划很快付诸实施，为了显得更像懂行的人，他配了副眼镜，还拉着芽芽陪他去了一趟中关村，挑了个笔记本电脑包，出入都背着。

这个世界每天都在发生让人不明白的事，不差再多几件，比如老陈真的扎到了钱，把几个金主的资金交给了股票经理人，又用另一些钱合资买了商铺租出去。又比如比他更快富起来的，竟然是芽芽。她来电话叫两人帮忙搬家的时候，老陈明显慌乱了：“现在就搬？着什么急呢？等我有了自己的房子，到时候咱们住……近点不好吗？”

芽芽辞去了老陈安排的铁饭碗，一边学电脑一边打工。她拍着老陈的大通讯录说她黄老师说了，这东西就快没用了，以后你要找的一切，电脑上都有，黄老师还说，这一天随时到来。老陈烦死了黄老师，谁会买见都没见过的东西？谁给你免费把资料传到互联网？这种危言耸听的老头他见多了，为了多收一份学费，什么都敢说。他做好了要接济芽芽的打算，迟宇看出来了，老陈心底甚至希望芽芽能有那么几天狼狈。

可芽芽一天天好着呢，她租了一节柜台，开始从原来的老板那里拿货，后来查到了更上游的货源，再后来干脆飞去南方好几天。迟宇和老陈再见她的时候，她已经有了一间门头房。上次她说柜台太窄，想多挂点展品出来，老陈就找人做了铝合金架子，柜台面上有个豁口，老在她胳膊底下一晃一晃的，老陈不放心，这次带了新玻璃板，准备把那块换掉。来了才知道什么都用不上了，店里忙得插不进脚，老陈在店门口站了会儿，把钱给工人，让他把东西直接抬了回去。

迟宇陪着他等了半天，芽芽才接待完最后一个客户。她一口气灌了一瓶矿泉水，屋里亮堂堂的，还闪着霓虹灯牌，芽芽也亮着眼睛，问老陈他都买的什么股，她店里有网了，在机子上就能查出来涨跌呢。

老陈说，他记不住。

◆

一连好几天老陈都闷闷不乐，迟宇知道他想和芽芽好，可芽芽这个窜天猴一样的发展趋势，也太难让他开口了。迟宇劝老陈表白，成与不成，好歹把这层意思挑明了，钱不叫事，你老陈也不是不能挣。迟宇难得出主意，难得的总是有重量的，老陈听了他的话，兴冲冲去买了个鸡心项链，把芽芽约到了前门肯德基。俩人提前坐到店里，老陈把项链塞进汉堡，一分一分煎熬着，怕肉饼凉了，又怕藏得不好。怕着怕着芽芽来了，她挽了一个打扮得港星似的年轻男人，跟两人介绍说："我男朋友，就是我老跟你们提的黄老师。"芽芽说她好感谢老陈带她去了中关村，不然她不会有兴趣去上电脑课，也就不会认识黄老师。黄老师笑了，以后人要上课都不用去学校了，在家上网就能学，他们这是师生恋的末班车。老陈跟着干笑起来。

迟宇忍着闹心，跟他们谈论着黄老师即将开办的网站，他看着老陈越过满桌的食物抓走芽芽要拿的汉堡，几口塞进嘴里，默默把面前的可乐推给了他，盼着老陈能绷完全程。

芽芽跟着黄老师钻进他的车，大概往后再也不用他们送她回家了。迟宇目送那辆车消失在视线里，拦下一辆出租：去肛肠医院。

半夜三点，一头大汗的老陈终于拉出了他人生的第一桶金。

迟宇跟医生对照了粪便情况，里头是鸡心吊坠没错，他转头不合时宜地问了句还要吗，被老陈白着脸瞪了一眼。

◆

第二天五点一刻，迟宇的墙没响，第三天也是。第四天大早，迟宇洗着头，旁边忽然多了一个脑袋。“妈的，真带劲儿。”老陈擦着头，呼呼冒着白气。迟宇笑了，他知道老陈又能缓过来了，谁能打得败老陈呢，顶着一头冰凌子出门的老陈，肯定比谁都精神。迟宇放心去车站了，有家公司跟站里的人打好了招呼，他现在有一张写字台了，靠墙，能坐，后面挂着崭新的广告条幅。

这天迟宇买了好多肉回家，想招呼老陈喝两杯，这两天他肯定没好好吃饭。推开老陈的门，他已经不见了。桌上是他写给迟宇的字条，字丑得像左手写的。

老陈的父亲病危，他妈把他叫了回去。如果他这时回去家乡，还能顶替父亲高速公路员工的职位。如果他不回，她就让即将高中毕业的女儿去顶，家里总得有个固定的收入。老陈知道妹妹多爱上学，他把刚有起色的投资全部退股回家了。按约定，他只拿到了自己那份本钱。老陈让迟宇别难过，说他妈找人给他算了，要发达还得在东北。他把厚本子包了报纸留给了迟宇，“拿好了，这可都是资源，买都买不来。”

◆

迟宇一个人留了下来，奇迹还在每天发生，只是他没能创造出任何一个。二王庄还挺热闹，就是越拆越小了，河岸的柳树被伐倒一片，绿得四仰八叉，在人行道上堆着。相传他脚下站的地方曾是出皇家贡米的稻田，那香喷喷的大米一蒸好，娘娘都要多添碗饭的。迟宇深一脚浅一脚地走着，好像真的踩在水里一般。他忽然想起芽芽的玩笑，或许我们待的地方，真的是船变的呢。

拥挤的院子里垒满了建筑材料，看样子房东也准备多盖几间房，快拆了，多盖一间，政府就多赔一间的钱呢。迟宇钻进他的房间，他又忘记关窗了，外面的大兴土木让尘土落了他一床。

夕阳恰当地照进了屋子，迟宇抓住床单的两角，振臂一抖，簌簌的声响被照亮了，沙子在阳光里，金色在金色中。

④

Chapter

镜中人

◇其实李奈不是为了演出紧张，她租了一辆破旧的黑捷达，找出遮阳帽和墨镜，准备明天白天就去会会董晴。她太明白“好上加好”的意思了，要赢，就别险胜一筹，相比配角，B组的主角她更不想演。

◇李奈，毕业于一个明星辈出的学校，今天却成了狗仔，端着一台有她小臂长的单反，蹲守男友的妻子。

更好的人

她心想如果对方做出令你感动的事你体会到的只有愧疚，那你一定不爱他。

◆

从蓝已经马不停蹄地参加了四场婚礼，每一位新娘都是她的同学。

毕业季变成结婚季可不是意外，如果没有愿意担保你的雇主，学生签证结束后，你留在这里的时间就开始倒计时了。能靠自己拿到工作签证的毕竟是极少数，提前准备出几十万人民币的担保金，或者提前准备出一个有公民身份或绿卡的对象，才是大部分人量力而行的方向。于是，尽管有着不同程度的羡慕或者嫉妒，从蓝还是会美丽得体地出现在仪式现场，在新郎的单身男伴身旁不小心打翻一只酒杯。

太难了。从蓝不算能让人眼前一亮的人，对她的好感，通常要在见过两三次之后才会慢慢产生，她也颇有自知之明。忽然要把自己视作一般等价物兑出去，她心里放不下，笑容也就放不开。

三月的澳洲西部还是很热，本地人不打遮阳伞，从蓝也就改了这个习惯，任由太阳直辣辣地照着。她在国内的时候常被人夸奖瘦和白，出国后她悟出来了，黄种人所谓白不过是“黄得比较浅”，在这里并不是什么优势。你瞧，大眼睛尖下巴的“冰冰脸”多半有了华人男友，弯眉细眼黑长发的小个女孩，再有些肉乎乎的，就会很受本地男性欢迎，从蓝两头不靠，对白和瘦有些自暴自弃，健身房也懒得去了，还没走进公寓楼，就恨不得把塑身内衣松开，把自己摔进床上。

半个月前从蓝在健身房认识了一个叫颜妍的姑娘，她说起话来情绪饱满，像怀有某种特殊能力似的，没几句话就让从蓝交了底。从那天起连续好几天从蓝都没再见到她，想问她的话也就憋了半个月。

◇

那天从蓝刚跟家里打完电话，明知道父母只是担心她，问问她现下的决定，还是忍不住发了顿火。确实从蓝也说不清自己到底要什么，家里人送她出国读书她不想来，让她回去她又不想走，上完本科为了再待几年还考了研，现在却生生把自己吊起来了。

当年介绍人也是拍过胸脯的，说等她轻轻松松读完书，随便找个工作就留下来了。她快毕业了才发现事情远没有那么简单，她够得着的机会无非是付给中餐馆四五十万担保金，给她一个名为餐厅经理，实为帮厨或服务员的工作。在嘈杂和油烟中站满四年，顺利的话，她将在三十一岁时得到绿卡并重获自由。什么都得趁早，过两年这招还不一定好使了呢！介绍人劝她抓紧行动。他总有话说，如果事情与他承诺的没有出入，那就是他料事如神；如果横生枝节，那就只能怪此一时彼一时，形势比人强了。

从蓝很清楚他的把戏，可还是忍不住动心。这里生活单调，社交简单，偶尔有个国内电视台带着小明星来拍节目，朋友圈会因此连续兴奋几个星期。不知道为什么，她就是想留在这个寂寞的地方，甚至没有办法跟家人解释其中的原因。

只是这漫长的四年如何度过太让人揪心。从蓝机械地跑着，想起之前的室友蓓蓓，自从和老公开始打工熬绿卡，就几乎消失在社交圈里。小两口在小区游泳馆冲凉，从公厕拿卫生纸，去车站和图书馆上网，攒下每一分钱。几年后他们拿下身份，用这笔可以在这里买带产权别墅的钱买了北京四环的一套小房子，套内面积 47 平方米。

开始从蓝跟其他人一样不理解，可是蓓蓓自有打算。与其在北京交满五年社保才能买房不如熬五年变成外国人，回去一样有买房的资格还把钱挣出来了啊。这里生活当然好，但回国可以剖腹产啊，还有便宜的保姆家政啊，孩子学习好就参加高考，不好就回澳洲嘛，等挣够了钱我们就回来养老了呗。从蓝听她掰着指头一一道来，头嗡嗡作响。下一秒是什么样子，他们统统了然。精打细算，把每一步踏在日程表上，像服用了兴奋剂一样奔波半生，山清水秀地去养老。

从蓝深知自己逞不了这个强，这样的生活她坚持不来，只能眼看别人都走向各自的计划，她却只有三十多份石沉大海的简历。就快没有时间了，她不能预料在这里有什么样的未来，却能预料到此时回家后的人生，那是一旦栽进去就可能再也出不来的人生，不停在待办事项上打钩的人生。

◇

从蓝这么想着，在跑步机上不由自主地张牙舞爪了，旁边传来一声轻笑，她一惊猛地停步，差点掉下来。

旁边这个姑娘端着果汁看着从蓝，指甲贴得又长又亮，脖子上的毛巾干干的，桃红色的运动衣把上围勒得呼之欲出，敏捷地上前直接摁了跑步机的紧急停止键。从蓝站稳，就这么认识了颜妍。

她肤色微黑，圆圆脸儿，稀疏的刘海半遮着眉毛，长眼睛扬起又落下，这点俏皮的弧度让整张脸生动不少。几个来回之后颜妍已经把从蓝的情况摸得门儿清，果汁早空了，她一边呼哧呼哧地吸着吸管不放，一边碎着嘴催促从蓝赶紧出去认识人。从蓝能想到的无非是什么高尔夫球场、壁球俱乐部或者酒吧，也已经做好把最后的积蓄搭进去的准备。刚才声高语快的颜妍听了她的计划，笑笑没说话，看看时间，扔下杯子急着走了。

这个笑让从蓝睡不着了。如果这个计划不可行，到底什么才是对的？她可没有时间做试验了。从蓝又想起这事，铁了心翻身起来，今天无论如何要等到她。

颜妍从一辆银色霍顿车上下来，见到她便热情招呼起来。车里那个本来准备直接走的男人见状，随便停下车子，下来跟从蓝打招呼。

她老公叫麦克，高高瘦瘦，花白头发，眼睛些微凸出。他刚向从蓝伸出手，后车按了两声喇叭，麦克烦躁地回头，骂了句吞回半截的脏话。从蓝见到他手臂瘦皱的皮肤下肌肉的形状，忽然有些怯意，紧忙撤了手。

颜妍见她连跑鞋都没换，猜出了她的来意，直截了当地说："你先定下最终目标就行！一、你想找终身饭票；二、你想拿个身份爱谁谁。"从蓝没想到上来就是猛料，一时瞠目结舌。见她傻乎乎的，颜妍继续点拨道，"别想太多了，跟咱差不多大的男孩谁想结婚啊，想结婚也得找个能玩到一块儿的。你就照着我家那个参考吧。我跟你交个底，有了这个地儿，你那什么鬼俱乐部都可以歇了！"

她的搭讪地点连钱都不用花——AA 互助会。

◆

从蓝用了好久才把颜妍惊世骇俗的方案消化了。不要在俱乐部找那些自我感觉良好的人，要去找那些最脆弱的人，想告别过去对新生活无比期待的人。你需要做的只是假装一个想要戒酒的人，编点悲惨的故事而已。没有人会难为你，同情心和孤独感会抹杀掉很大一部分判断力，只要不讲串了，你尽可以自由发挥。重要的是一旦跟这样的人成功结婚，你有的是机会迅速脱身。他们多有烟酒毒瘾，很容易受刺激，稍加引诱他们就会走上老路，重新沉沦；就算是对方意志力坚定，戒断所产生的不适也会让他们格外暴躁，只要你耐心挑衅，逼他动手几乎是板上钉钉的事。

那时候，你就可以以对方过失或家暴为由，离婚并提前拿到身份了。

颜妍的语气像在讲一个不相干的故事，丛蓝忍不住想起麦克，那个干枯的筋肉人。

“对方真被逼急了，你自己不会有危险吗？”

“当然会，我还盼着真出事呢，那就是事半功倍啊。验了伤找个公益律师，分分钟给你办好。和立刻脱身比起来，头破血流算个屁啊！再说了，什么叫危险，抽个耳光推在墙上都算，你还非得等死啊，小时候没挨过揍吗？”颜妍觉得这个丛蓝，真是不开窍得急死人。

◇

从蓝走进这个戒酒互助会，迎面看到墙上用彩纸剪的字：“做一个更好的人”。为了让自己的经历显得真实点，滴酒不沾的她还搜了很多资料，用以描述酗酒的感觉和戒断的痛苦。

和美剧里差不多，大家围坐一圈，轮番分享自己的故事。无非是丢了工作，丢了家庭，丢了爱人和理想，差点丢了命，现在他们想丢了酒。人间苦难在叙述中变得只道是寻常，没等你把一切丢光，一辈子就走完了。

在从蓝的故事里，她生长在一个缺少关爱的家庭，在叛逆的青春期出走家庭，在成年前对爱情失望，戒酒后每天生活在崩溃的边缘。故事远比她准备得要流畅，搞砸自己的生活，听起来竟然有种惊人的过瘾。事实上她一直到大学才交了第一个男朋友，那个男孩预科念了两年还是没通过语言考试，回到他爸的公司上班去了。她真实的经历乏善可陈，规规矩矩而乏善可陈。她讲完自己的事观察周围的人，稀稀拉拉的掌声证明她没有引来任何关注，这使她一阵轻松，又升起新的担忧。

她旁边是个离婚的女人，前夫以她酗酒为由不让见她孩子，她为了戒酒拼命吃东西，现在肥胖成了她的新问题。再旁边是一个老太太，看着根本不是酒瘾者，大概就是来揣饼干的。老太太旁边的男人叫朗曼，红润健壮，声音洪亮，讲起话来口音很重，嘻嘻哈哈，看上去大概四十岁。他是个卡车司机，因为在沙漠开长途开始依赖酒精，后来开大车的执照被吊销了，现在刚刚有了新证件，往海滨运砖，给中国人建房子。主持人问他和新同事相处得怎么样，朗曼先生大笑，我喜欢他们，因为他们从来不犯明显的错误，而我却如此愚蠢。接下来的一个小男生年纪很轻，据说来了很久了，他总是在失控边缘重蹈覆辙，上周才刚刚从戒毒所出来。丛蓝瞥了一眼最后那个男人，他干净帅气，鞋子擦得很亮，丛蓝暗暗把目标锁定在他身上，连坐姿都调整了一些，露出最好看的腿部线条朝向他。他似乎也确实注意到了她，可是还没轮到他，他就接到一个电话匆匆走了。丛蓝僵坐了半天，竟像是受了羞辱一般，尽管根本没人注意到她的小动作。人在窘迫的时候，真的会变得敏感啊。

她想起颜妍，带着敬意和鄙视。她羡慕那种目标准确、行动果断，羡慕那种坦荡，可又隐隐庆幸自己不是这样的人。丛蓝对这次行动很失望，迟缓地走向火车站，这个地方，她可能看不了多久了。

一辆车在她旁边走走停停地跟着，丛蓝以为是索要财物的混混，低下头快步前行，把没有音乐的耳机又塞了塞。一个声音问："我送你吧？”她才发现朗曼先生从车里探出的头。

问清楚从蓝的住址后，车里陷入长久的沉默。从蓝听到她的肚子发出一声难以忽略的肠鸣，尴尬得无法掩饰。朗曼探手从座位底下摸出一大包小熊糖递给她。

酸甜的果汁味让从蓝振奋了一点，看着这个带着糖果开车的男人问：“你怎么想来戒酒会的？”朗曼说是因为最爱的小女儿也不想见他了。

“你吃的是我给她的礼物。”朗曼补充说。

朗曼儿子的毕业典礼没请他参加的时候，他只是生气，并没有像这次这样难过。

“我十八岁就有了他，我没参加过也不稀罕什么毕业典礼。”他解释道。

从蓝捏着手上的糖果，又不知道该说什么了。

“你的毕业典礼是不是已经结束了？说实话，很无聊是不是？”朗曼冲她笑了。

“对啊，如果想看扔帽子的话，我们为什么不去马戏团呢？”从蓝回应了一个笑容，吃了一个张开双臂要抱抱的小黄熊。

◇

这里的海多到你不好意思把每一片都算作旅游景点，朗曼就把第一次约会定在这样一个海滩。他切了两段鱿鱼固定在笼子底，把它沉下水，一边钓鱼一边等着螃蟹，捕到小的就拣出来丢回海里。鱼竿不断被扯动，可今天不知怎么了，每次都是难以烹制的河豚，他骂着娘从钩子上扯下鼓成一团的蠢货，远远抛出去。

幸好螃蟹收获不少，他开玩笑地安慰丛蓝："不然晚餐你可能又要饿肚子了。"

回去的路宽阔无人，朗曼开了窗，丛蓝把脚抬到前面，趾间残余的白粒在阳光下闪着银光。朗曼告诫她放下腿，因为这条路上时常有袋鼠出没，车加速撞过去的时候这样坐会很不安全。丛蓝本来就知道遇到袋鼠是只能踩油门的，袋鼠撞击力很大，与其猛然刹车让它冲进玻璃人鼠两伤，不如眼一闭送它上路，可每次听人这样说，还是觉得别扭。人真的能战胜本能无所顾忌地撞过去吗？或者这才是人的本能？为了找点话题，她望着窗外大片的农作物告诉朗曼，在中文里，它们叫作燕麦。她的爷爷告诉她，这是因为每粒谷壳展开之后，都像一对燕子的翅膀。她比画着，笑着，朗曼的车慢慢停住，他转头吻了她。

金棕色的燕麦望着蓝天，连绵摇摆，她的头发在脸旁猎猎飞舞，像是呼吸有了形状。

朗曼认真地准备了一桌潦草的晚餐。他家里没有瓶子和杯子，喝饮料只能用碗。离开前妻和孩子们之后，他一度喝得更痛快了，以前灌在饮料瓶甚至漱口水瓶的酒，堂而皇之地摆满了各个角落。戒酒初期，朗曼把一切能让他想起酒的容器都砸了。两人用吃麦片的碗倒满苏打水，为戒酒成功而干杯。

他做的菜一点都不好吃，包括螃蟹。没黄没膏叫什么螃蟹呢，从蓝想向他解释鲜美，解释菊花和姜醋，解释她的家乡，却最终没有开口。交心是她要警惕的东西，她不能忘了自己在做什么。

◆

从蓝对忽然发生的一切非常忐忑，随时克制着自己想要供认不讳的心虚。颜妍得知她的进展非常高兴，她今天要见另一个听从了她建议的朋友莉莲，便带着从蓝一同去了，在她的计划里，从蓝看到这些场景应该备受鼓舞。

这栋房子像是很旧了，砖红色屋顶，黄色墙围外面铺着假草坪，地上插着几只锈头锈脑的红色火烈鸟。丛蓝从阳光里走进阴暗的客厅，适应了一下才看到不远处有一个坐在轮椅上的老人，吓得差点喊出声。老人就是莉莲的丈夫，因为糖尿病几乎失明，每天坐在电视机面前守着体育频道，时常发出怒吼。大部分时间莉莲在旁边陪着，捧着手机回复国内代购买家的问题，在闹钟铃响的时候取来胰岛素和药片递给丈夫。每周两次，她会推着他出门散心，进货，再把打包好的货物寄掉。听起来像是一对相扶到老的夫妻，除了莉莲才三十岁出头这个事实。

“你以为她在等什么？再过几个月她身份下来，你看她还推他吗！”两人陪着莉莲出门时，颜妍悄声对丛蓝说，用以提醒她别轻易被道德感左右。

莉莲对照着单子专心买东西，她的丈夫眯着眼睛，驾驶着轮椅在附近闲逛。每当发现他已经不在视线范围里，莉莲就会喊一声“老公”，男人听到这个他唯一能听懂的中文单词，就急急地转回来。

丛蓝快哭了，她到底有什么非留在这儿的必要呢？她抑制不住地颤抖起来，迎着颜妍不解又恨其不争的目光。

“你哆嗦什么？我是想告诉你，人都能过你怎么不能过？你找的那个已经是最好的了，真结婚还不一定能过到死，别说假结婚了！别哭了，谁让你托付你妈的终身了吗？熬完这阵你想找真爱找真爱，想单身就单身，天高任他妈鸟飞，海阔凭鸡巴鱼跃！多大点事啊！”

颜妍一口气说完，气喘吁吁地盯着丛蓝。

◇

朗曼没什么不好，丛蓝不能面对的只有自己。甚至希望他来打破这个幻想，让她彻底做出一个不同的决定。丛蓝也说服自己是该庆幸的，至少比莉莲好。她不知道这种不温不火的感情走向婚姻通常需要多久，但没等她开始为此算计，朗曼就求婚了。她可能会离开澳洲，而他不想因此失去她，这个理由合理且暖心。准备好蜡烛、鲜花和戒指是他对罗曼蒂克理解的终极阶段。好在丛蓝对此也没有什么特殊的期待。

戒指很小。朗曼的红脸庞泛着光说，本来的钻石比这个大，那是我前妻戴过的，我怕你不开心，拿去卖了，但是它有折价，只能买这个小的了。

丛蓝用戴着戒指的手拥抱了朗曼。她心想如果对方做出令你感动的事你体会到的只有愧疚，那你一定不爱他。她在之后试图回想，那天是朗曼把戒指套进了她的手指，还是她把手指伸进了戒指，却怎么都没印象了。

她开始筹办婚礼，一切都买最普通的，她不希望留有深刻的回忆，任何难忘都会在未来成为一种负担。

“你可别犯傻！这世界上没什么公平不公平的，你在这儿摆一道，人也在别处等着你，上当守恒！”颜妍把她约来自己的美甲店涂指甲，在口罩后含混地提醒她。

从蓝点点头，身边有这样一个人真好，清醒的人，帮她下狠心的人。

◇

九月，北半球就要秋天了吧，这里湿冷的冬天也快结束了。朗曼提出让从蓝见一下他的孩子们，一起吃个午餐。他很高兴儿子和女儿都答应见他，还为此表现出一些孩子气的紧张。从蓝倒是没什么压力，最好她不怎么招他们喜欢，也不会喜欢上他们。

两个孩子都很像朗曼，儿子比他高了一头，女儿神色里带着警惕。从蓝通常就是个体贴的人，所以即使她没有刻意讨好，仍然会流露一些温柔。她替朗曼重新给女儿买了礼物，除了小熊糖还有一套娃娃屋。看着朗曼眼里轻易就出现的感激和温情，从蓝倒觉得胜之不武似的。

临走时朗曼的儿子单独叫住她，说了声谢谢，她连忙说是朗曼付的账，看到他的神色才反应过来，他在谢她帮助了他的爸爸。

从蓝不自在起来，如果对方和整个家庭没有对她袒露这些情感，她的日子还会更好过些。可平日里她想找个机会发火都不容易，朗曼新婚在即，简直不能更温柔和迁就了。

这次，终于轮到从蓝给大家发请帖了，她没有去中国店找红色喜帖，而是在礼品店买了一般的贺卡，权当庆贺她和朗曼即将互相陪伴的几年。她希望能帮他把酒彻底戒了，然后和平地分开，希望这场以欺骗开始的契约，能以仁至义尽结束。

真的，她可以和他好好过几年，虽然两人常常只能用“有趣”来回应对方的话题，然后看着关于山火的社会新闻吃完晚饭，虽然颜妍一定会说她傻。颜妍说好来陪她发帖，然后一起吃饭的，可直到从蓝回家，她也没有出现。电话终于接通的时候，那头是警察。

颜妍被她老公杀了。

◆

颜妍爱上了美甲店同事的哥哥，哥哥为了留下来，变着法地催她赶紧离婚和他结婚。颜妍被迷得五迷三道，提前了她那个万无一失的计划。

她在家喝酒耍闹，用恶毒的话嘲笑麦克早衰的容貌和被毒品磨损的身体机能，可麦克只是搬出去了几天。冬天的最后一个雨夜，回家后又一次被激怒的麦克忍无可忍，把她从沙发上拖了下来。她的头反反复复被撞击在地板上，贴了华丽水钻的指甲在空中徒劳地挥动，终于跌落进黏稠的血浆。麦克找出自己的猎枪饮弹，临死前喝光了颜妍的酒。

从蓝赶到现场，两个之前见过的美甲店店员正在邻居们的注视下离开。密密麻麻的警戒线拉满了房子周围，像还要围捕什么似的。

警察找到了颜妍的记录本，说她兼职介绍了好几个女孩去互助会，还从中抽取了费用，给这些女孩提出了不恰当的移民建议。他很有专业性地保持着中立的叙述态度，礼貌询问了从蓝的情况，以及她是否也曾被要求付费。从蓝茫然摇头，眼前净是那个鲜艳招展的身影，嬉笑怒骂，指点江山，叫她别犯傻。

从蓝不知道站了多久，抬头迎上麦克女儿的目光，她眼里冒出的不加掩饰的恨意，让丛蓝心里打了个突。

霎时丛蓝想起朗曼家的两个孩子，那个放下警惕向她微笑的女孩，那个羞涩又真诚谢谢她的男孩。她站在阳光下突然不寒而栗，她转头看着狼奔豕突的记者，正带着长枪短炮寻找猎物，这一刻她几乎想代替颜妍死去。如果颜妍活着，一定知道现在怎么办吧。

她悄悄把手指上的戒指摘下来攥在手心里，那粒小小的钻石不断往她皮肤深层扎下去，疼痛而真实，疼痛而真实。

他人之戏

契诃夫不会把这些写进剧中吧，生老病死，悲欢爱恨，悬念离奇，大彻大悟，都只是他的背景音乐。平静的生活，在暗涌中继续。

◆

省话剧团开会，通报今年要排的新戏。说是新戏，哪有新戏，别说那些在世界各地演了几十年几百年的经典剧目，就连作为政治任务派下来的主旋律，也不过是把上届的赞歌改改字再唱一回。听到自己被分配在《海鸥》剧组，李奈有些想笑，谁看啊？要不是那些全国巡演的先锋戏剧和新兴喜剧团，这个城市的人恐怕都忘了有他们这个剧院了。排契诃夫这种费力不讨好的事，不知道是谁脑子抽了想出的主意。她坐在剧场前排角落，看着一只蜘蛛从幕布一角垂下来，丝闪闪发亮，像她脖子上那条极细的铂金细链。

凭剧组这些人的水平，不管排什么，无非都是照本宣科，再好看的葫芦最后也得画成瓢。她暗自琢磨团里是会安排她饰演神经质的女演员阿尔卡津娜，还是盲目的乡村女孩尼娜。李奈喜欢演戏，这一点认识她的人都知道，可那些人不知道，相比于塑造饱满的人物，她其实更喜欢站在舞台中央被照亮的感觉。

◇

露姨做了李奈爱吃的豆腐酿肉和炸鱼，李奈倒是高兴，但难免又惹得李长城和隋晓梅不悦。李长城嫌这些菜胆固醇高，他只能看着嘴馋，隋晓梅则是觉得露姨为这俩菜忙活一下午，别的活儿都干不了，厨房里还一团油烟，烦气得很。露姨一头笑着给李长城再端上一凉一热两样青菜，一头手脚不停地去打扫，李奈是她带大的，没法不疼。

父母照例说着些李奈从不试图理解的事，哪个部门的人事变动会对他们公司造成什么影响，哪位大区总裁来了，要进行什么样的招待。她默默吃完，借口要找剧本离席。拐进自己房间的时候，听见隋晓梅一声悠扬的叹息。

李奈去楼上浇了一遍花，让露姨帮她找出上学时用的剧本，找出《海鸥》那本。露姨拖出一个纸盒，按标签把那一册找出来，用袖口擦了擦封面才递给她。李奈打开剧本，想起大学的日子，就听不见露姨在旁边说什么了。露姨也不太在意，她曾说讲话是她干活的习惯，旁边没人也讲，就跟他们学生做作业听歌一样。

书里夹着一张拍立得，由于曝光太过，只能影影绰绰看出是在排练室，几个人努力凑到镜头框里。排练的时候李奈总是抢手的，她气质冷淡，一动一静都文艺兮兮的，有她的戏，就和那些在台上打耳刮子磕头大哭的戏区别开了。可李奈没能靠这个特点红起来，别的同学接了影视剧广告，她不急，别的同学出去认识圈里人，她不屑，别的同学考上院团、留学或者任教，她觉得没意思，蹉跎到最后，她的集体户口在毕业那天被打回了原籍。

李长城给她在北京找了娱乐公司的工作，李奈不干，非要演戏，连群演都要做，荒郊野外的剧组都敢跟，这下隋晓梅不愿意了，找人把她押回去，安排她进了省话剧团。演吧，在家门口演，看你能演出什么名堂。

李奈什么名堂都没有演出来，心气儿也没了。毕业五年的时候同学聚会，她又回了趟北京。同学里有几个已经很有些名气了，有的还开了服装品牌和饭店，这聚会就在一个男同学的店里举办。男同学在一片珠光宝气里朝李奈看过来，又钦佩又深情地说：“你们看，只有李奈没变样，还跟朵小雏菊花似的。”李奈穿着棉麻的衣服，戴银首饰，没有新闻，也不传八卦，那些昂贵的大牌她也不是不喜欢，但打扮成这样，风格就掩饰了穷。其他人对男同学的话都表赞同，不少人接风讲起当年对她的暗恋，甚至包括一个现如今影视歌三栖的女明星。

事后当然是各自回到自己的生活，他们建了一个微信群，如今又过了三年，除了谁的作品上映，或是中秋春节，那个群从来不响。李奈会后知后觉地发现他们聚在一起，在某个颁奖典礼或者秀场。“知道你爱静，不喜欢那些场合。”偶尔有人向她这样解释。

李奈感觉到露姨坐在她身旁，回过神来。露姨拿了一把小剪刀，垫上手指护着，沿着发根给李奈剪下两根白发。她总说不能拔，拔一根长十根。李奈笑着反驳她：“毛囊还会算数吗？”露姨把两根白头发绕在手指上看，好像她种的花开败了似的。李奈见她站着不动，手上的书总看不进去，直言让她回去休息，露姨忙答应着走了，刚关上门又开了条缝，让李奈还要什么就跟她讲，她爸妈这几天要接待贵客，顾不上她。

◇

李奈早上又把词顺了一遍，对着镜子调整了几个表情和姿态，觉得一老一小两个女主角，她都能演得漂亮。没想到去了被安排成了玛霞，管家的女儿，暗恋男主角康斯坦丁不成，嫁给了让她厌弃的备胎，总也不快乐的那个女人。

导演叫温奇，人是清秀的，不知为何坚持留着毛刺刺的长发，手心总湿着，一被他拉住胳膊，李奈就恨不得截肢。

伊莉娜·尼古拉耶芙娜·阿尔卡津娜和尼娜·米还洛芙娜·扎烈奇纳雅连各自的名字都念不顺，闹着导演要汉化了演，改成民国时候的电影演员和富家小姐，还能穿旗袍。温奇没同意，两人撒着娇，嘻嘻哈哈地接了剧本，去休息室背词了，想必一会儿你就能看到她们和剧本的合影出现在朋友圈。其余的人就地摊开剧本，拿出早餐边吃边看，后台顿时被油腻的味道充斥。

温奇拿着打印版的剧本朝李奈走来，李奈转身走开，掏出包里的剧本朝后面晃晃。

为什么要她演玛霞？一个不敢把心事告诉父亲，宁愿跟母亲的单恋对象谈心的人，一个靠闻鼻烟才能镇定的少女，一个爱情的乞丐。听起来也许很有些精彩，可李奈耿耿于怀的是，她让人想到玛霞吗？寒微平凡，却有着小姐一样不合时宜哀愁的人。

“美德威坚科：您为什么总是穿黑衣服？”

“玛霞：这是给我的生活戴孝。我倒霉嘛。”

这段话曾经被一些自认为文艺的女青年援引，作为自己品位的注脚，仿佛悲观一定是美的，远离了世俗烟火。李奈却觉得这是契诃夫对玛霞矫情的戏谑——“就你还整这一出呢”那种。

李奈知道演员就是要什么都得能演，她会不加抗争地接受，也会自然而然地不服。她看到那几个演员吃完饭，便去跟扮演她父母、丈夫和医生的人打了招呼，爱牲口胜过家人和主人的父亲，穷困软弱的教员丈夫，哀求医生多恩带她私奔的母亲……她习惯性地把他们对号入座，同时想象对方也正在这样丈量她与角色的距离。

温奇问她是否愿意演 B 组的尼娜，李奈翻了一个自己都感觉到的白眼，当然不愿意。当了 B 组的尼娜，不但要下更多的功夫，还难免要盼着 A 组的扮演者出状况。李奈不想当这样的替补，这比配角还要可悲多了。温奇叫了大家集合，滔滔不绝地说着他的思路。演多恩的老演员拿出笔记本和老花镜记录着，李奈的目光停在阿尔卡津娜留在外卖咖啡杯口的红唇印上，又出神了。

◇

李奈回家之前接到电话，让她到家先换衣服再到饭厅来，有客人。她借口排练不回去吃饭，隋晓梅扣了电话，不一会儿又打回来，说李长城替她请假了。李奈没法指责她说谎，如果她真的让李长城打了电话，反倒要请他们原谅了。

她进门推开露姨递上来的见客衣服，把包递给她，直接循着笑声去了。和她父母吃饭的是个儒雅的男人，不像李长城他们那圈人，不是穿着寿衣挂满了木制品，就是套着大码运动装，寻得一种穿成这样就活力四射的错觉。这个叫唐远的男人身上是挺直却不夸张的西装，见她进来就礼貌地起身，眼角的细纹在微笑中堆积起来。

李奈被安排到唐远旁边，露姨重新上了几个菜。唐远摸了摸刚才的汤碗，请露姨再给李奈热一热，因为刚才隋晓梅说过女儿胃不好。李奈试图分辨这明显的示好有何来意，对方却已经转回她落座前的话题。李奈踏空了一脚，倒是被勾起了好奇。唐远跟李长城说着话，像是没注意她似的，可她想要什么的时候，他却眼观六路，总能先一步把东西递到她手边。

在隋晓梅有意无意的撺掇下，李奈在餐后演奏了两曲钢琴。等到李长城让李奈单独送客的时候，她终于确定这是为她安排的相亲。关于李奈的私人生活，李长城和隋晓梅从来不过多过问，去年即将满三十周岁的时候，李奈曾经忐忑过几天，父母在婚恋这件事上没有过逼问或催促，是她对他们唯一的感激。

而玛霞的父母，只会让她难堪。在牲畜问题上寸步不让，不惜让主人生气，让女婿丢脸的沙木拉耶夫，从来不关心她们母女。可怜的母亲波里娜，跟她一样爱着不爱她的人，被无望折磨成鞋底的泥。

李奈胡思乱想的时候，唐远并未打断。

“什么时候演？”

“嗯？”

“他们说你在排新戏了，提前告诉我，不管人在不在，花还是要到的。”唐远掏出手机，她摸了摸裙子上不存在的口袋，抱歉地看着他手机上一闪一闪的扫码页面。

“没事，我能找到你。”没等李奈报出自己的号码，唐远钻进了车子，开窗跟她告别。

李奈觉得又踏空了一步，她理应反感这未经她同意的会面，对方应当是个讨厌的人，是个值得吐槽的奇葩，或者两人刚开始互相看不惯，继而在逃不开的会面中爱上彼此，总之，这与她想象中的相亲大相径庭。李奈回去后直接上楼钻进了自己房间，隋晓梅也没有叫住她。

◇

一直到李奈成为唐远的女友，李长城和隋晓梅也没有表现出一丝的好奇。恍惚中李奈动摇了原来的念头，也许父母根本没有撮合他们的那层意思，这倒让她脸好好烫了一会儿。

李奈缓慢地体会着恋爱，这是她进入三十岁之后的第一次恋爱，是她作为成熟女人的初恋。她跟自己打好了招呼，如果没有以往恋爱的甜蜜和揪心，很可能不是唐远的问题，而是她本身变了。可没想到，这种陌生感反倒让她兴奋起来，像是训练有素的两只动物被扔到了角斗场，李奈的身心都开始摩拳擦掌。

唐远对她的好，有些太对号入座了，她喜欢什么样的话题和礼物，讨厌什么样的菜肴和习惯，他知道得过于清楚。仔细想来他的举动都算不上追求，好像只是他的礼貌和馈赠。李奈知道这些了解要么是从她微博微信看的，要么问了她父母，总之是抄了近道，没有真的走心。她也着意找起他的好恶，然而他的社交软件上空空如也，所有头像都用着跟他的百科介绍一样的照片，连采访也是千篇一律的专业讨论，对他的生活绝不涉及。李奈没法做到这方面的段位相当，就干脆不做，她一时热情，一时神秘，在收到他的好意时表达感谢，却并不因这份殷勤的准确率吃惊。没几天她发现唐远对她的态度认真起来，带着这份小得意，她上班的心态都好了很多。

阿尔卡津娜演不好，李奈看着她洋相百出，见温奇没看见似的，于是也不吭声，任由他们排去。演教员的人病了，温奇临时替班，李奈毫不费力就把那种嫌弃和不得不相对的无奈演得真真的，看完排练录像，意中人都夸她，好笑极了。

晚饭的时候李长城随口说李奈该跟着露姨学学做菜，有些事就差一顿饭就能定下来了。李奈被扑灭的疑窦又起，她到底还是他们计划的一部分吧。餐桌上只剩下各自的咀嚼声，隋晓梅没有附和，只顾给李长城夹菜。李奈一赌气，说她要搬去跟唐远住了，不需要再靠做菜定下来。

李长城吃完嘴里那口才答："我们知道，下午唐远打过电话了，说他那离你们剧院也近，搬过去方便。我和你妈都同意了。"

李奈的心在刚才说完那句话之后就在狂跳，一听这话腾地慢了一拍，猛然的停顿让她胸口一痛。

她自以为这是个险招，为了让两人露出点端倪说了这么一句，还不知如何收拾，没想到唐远竟瞒着她来了这么一出。她只好接了招往下演，饭一吃完就上楼给唐远打了过去。

唐远还在工作，本是想告诉她等会儿再谈，谁料接起电话就被臭骂了一顿，只好出了会议室。等李奈宣泄完，温言让她等着。

扣下电话李奈的愤怒忽然消失了，不是平息，而是凭空消失。她好像一下子能为他想出一千条理由。他当然应该和她父母先商量，他总归是他们二人的朋友和合作伙伴，在他的境地，应该很难因为爱意的冲动造成不知涉及多少人的损失，这并不等同于忽略她的意愿。李奈焦虑地咬着指甲，等着电话里的一场风暴。可唐远直接开来了她家，递上了一串钥匙。

“屋子收拾好了，如果你不愿搬，随时去住住也可以。”

李奈接过钥匙，叫住露姨。

“帮我收拾收拾东西吧。”

◇

露姨收着收着就掉下泪来，李奈每次有什么拿得出手的恋爱在家里宣布，露姨总率先紧张，她感情里有什么风吹草动，露姨也最先知道。李奈想起露姨刚来她家做事的时候，是被她叫作露露姨的。后来露姨年岁渐长，又有了儿子，就让李奈改口，说露露是姑娘名字，再叫着怪羞的。

露姨两天回家住一晚，她老公是个话痨。据露姨说，他们儿子也不爱说话，一家的话都让华叔一个人说了。露姨跟老公吵过为数不多的几场架，其中还有一回是为了李奈。那次华叔看着娱乐新闻跟儿子说艺术院校的女生为了红有多不要脸，这样的女孩可不能要。露姨跟他掰扯："不学艺术的就没有这样人了？就是长得没人家好看，本钱没人家多，干了也没人给她们登报纸呗。还不能要，你想要人家还得看得上你呢！"

老公嫌露姨当着儿子驳了他的面子，跟她吵起来。露姨哭着找李奈来了："一样爹妈还养百样的儿女呢，说事就说事，最烦捎带别人。"李奈哄着露姨，说没觉得叔叔捎带谁了，就是看个报扯闲篇儿呢。露姨的老公来接，见了李奈讪讪的，她装作不知内情，送走了他们。

◇

李奈搬进唐远家的幸福感，很大程度上是因为她与单位的蠢货们越来越远了，剧院成为她消遣的地方，她脚步轻盈，脸色柔和。要演玛霞，还真得好好酝酿一会儿呢。

在试演中，唐远来了，在这个小小的剧团里引起不小的轰动，谁也没想到平时对饭局都厌恶的李奈有机会和他交往。以往哪个女演员有了男朋友，都要往后台送一圈礼物的，礼物的轻重不知不觉成为默认的较量。可唐远什么都没送，他跟大家客气地招呼，握手作别，李奈却像打了胜仗一样。那种彬彬有礼的无视，正是她喜爱唐远的原因。

为了用上她短暂的假期，两人准备在初演后找个岛休息几天。唐远派回来一个人取走他们的护照，李奈把自己的给了来人，又在装证件的抽屉里翻找唐远的。她眼一花看到两个一样的小红本，定睛一看，结婚证。

李奈僵着笑，把护照交出去。那人一走，她就回来打开了两个本。结婚证已经很多年了，男的是唐远，女的叫董晴，跟他差不多年纪。

李奈拿着两个红本，坐在开满鲜花的院子门口，等着唐远的车从路尽头出现。坐到天色见晚，自动喷水器转过来，浇湿了她的背。

李奈湿着头发回了家，把结婚证推给父母。隋晓梅望向李长城，见他还没打算说话，只好先开口。

“我们知道。”

简洁的四个字在李奈脑中反复经过，他们知道，她的爸爸妈妈，看着她一步步走向悬崖，只注意到那是高处，却对危险视而不见。

“这也不是什么瞒人的事，你自己问，他也会跟你讲的。”隋晓梅解释说，“早晚会离的啊。”

原来没有调查是她的错，李奈这才知道，怒火是冷的，能让人彻头彻尾凉下去。

“就不能让我知情？就不能等他离了再说？”

“让你知情你还愿意？等他离了还有你的事？不会先占上坑啊！”一直没开口的李长城拍起桌子了。

李奈转身去了露姨家。

◇

露姨家挂着一张她和老公的结婚照。塑料相框上金粉斑驳，九十年代粗糙的电脑技术把露姨和老公的头贴和在一对紧密相拥的苗条模特脖子上，整个画面泛着陈旧朦胧的珠光。

露姨儿子在大学宿舍住，李奈就被安排进了儿子的房间。露姨拉着她的手只顾哭，反倒要李奈不停安慰。

躺在年轻男孩的床上，拉不紧的窗帘透进来街上的霓虹灯光，天花板和侧面的墙上都贴着海报，是她不认识的少女组合，看得出他尤其喜欢其中的一个。小华的床头放着几样挺值钱的电子设备，还有运动款的名牌手表，想来露姨根本不知道这些东西的价值，否则肯定要发飙吧。快点睡着，快点睡着，她克制着自己在陌生环境的警醒，她可不想让剧团的任何人看出她的生活变动。

“要是有一天你需要我的生命，那你来，把它拿去就是。”扮演尼娜的人听到作家特利果陵念出这句话时，在场边扑哧笑了。

温奇不解地问原因。

“太假了嘛！”假尼娜撒着娇说，“我和甜甜姐都觉得这个戏要改，前两天试演，来看戏的朋友都说不热闹。”

甜甜姐就是另一个女主角阿尔卡津娜。她看排练中断，干脆也点头插话，“这个戏怎么写的，什么自杀啊，始乱终弃啊，全都不表现，就这么带过去了，这怎么能有戏剧张力？”

“就是，老演些打牌看书，花园里走来走去，观众都睡着了。”假尼娜手缠着自己的头发补充着。

温奇不知道怎么表达他的愤怒，他环顾着其他人。有些人从戏服里掏出手机，手指忙着上滑。这场已经没有戏份的李奈坐得远远的，饰演康斯坦丁的年轻男演员一直在小声而用力地念着：“一个像您这样的姑娘从小住在湖边，她像海鸥那样爱这个湖，也像海鸥那样又幸福又自由。可是偶尔来了一个人，看见她，出于闲得没事做，就把她毁了，喏，就像这只海鸥一样。”

李奈疑惑地回头看着他：“这不是你的词。”

男演员像被抓包一样红了脸：“我知道，我想试试。”

李奈“嗯”了一声，转过了身子。谁的词又有什么关系呢？无知的人，排出了一场烂戏。

◇

唐远的股份有很大一部分在妻子手上。他没有道歉，向李奈表达的诚意是，如果她能让董晴提出离婚，他肯定答应，要是能抓到对方过失，好上加好。李奈扣了电话好一会儿，才发现自己没有拒绝那个提议。

露姨现在天天从李家做完事，再回家给李奈做饭，李奈不落忍，借口他们儿子回来，要搬走，一家三口才把她摁住了。明天就是《海鸥》首演的日子，露姨多做了几个菜，华叔也倒上了酒。趁着小华帮露姨收拾餐桌的空当，李奈问这个大明白：“什么人才会跟已经不喜欢的人硬耗着不离婚？”华叔微醺地拍着肚子：“这还真把我问住了。我就结过一次婚，到现在，还是喜欢露露啊。”

李奈想起他们那张拙劣的结婚照，那两张让人羡慕的笑脸。

露姨看出她的紧张，问她是不是明天的戏很重要。李奈点点头笑笑，露姨见这里帮不上忙，就去给儿子搭行军床去了。

其实李奈不是为了演出紧张，她租了一辆破旧的黑捷达，找出遮阳帽和墨镜，准备明天白天就去会会董晴。她太明白“好上加好”的意思了，要赢，就别险胜一筹，相比配角，B组的主角她更不想演。

李奈，毕业于一个明星辈出的学校，今天却成了狗仔，端着一台有她小臂长的单反，蹲守男友的妻子。董晴上午就出了门，brunch，购物，下午茶，健身，美容，李奈啃着汉堡，在每一家董晴滞留的店铺对面目不转睛。

董晴终于在傍晚时分约会了一个年轻人。李奈不敢再开近，架起相机拉近了焦距，高挑的男孩搂过她厚实的肩膀，转头朝董晴的车里走去。

是小华。

李奈挪开相机，打开刚才的图片，放大到无法出错的大小，看到了小华稚嫩清秀的脸。温奇用语音问她怎么还不到场，李奈关掉手机，掉头朝剧院驶去。

◆

“没有冲突就没有戏剧。不管是人与人之间还是人与自己……”

“一点都不刺激，别说观众我都要睡着了……”

“停顿，这是停顿！你说的那也不叫冲突……”

“作者这不是悲剧，这是喜剧。但我为什么笑不出来……”

…………

李奈的脑子里乱作一片。

契诃夫不会把这些写进剧中吧，生老病死，悲欢爱恨，悬念离奇，大彻大悟，都只是他的背景音乐。平静的生活，在暗涌中继续。这样虚焦的故事里，没有主角和配角，没有高贵和平庸，除了自说自话，各奔东西，人们还能做什么呢？

剧院门口有个兜售赠票的小贩，向来往的人群推销着《海鸥》。

“海鸥？高尔基那个呗，给拍成电影了啊。”一对男女被叫住，男的表现得很懂行。

“大哥高尔基那是海燕，而且我们这是话剧。”

“光说话啊……你想看吗？”

女的拽着他就走：“别装逼了，海鸥海燕分不清楚，海鸥海鸥我们滴朋友，不是长点心那个！瞧把你能的。”

李奈绕过他们，往后台走去。

大幕就快拉开了，温奇还在为演员的不服管教生气，他对第一场就要上的李奈说：“幸亏有你在这儿。下次你一定要当我的女主角。”

“我想当配角。”

这出戏可以献给身世飘零的尼娜，献给以为能掌握所有，可一切都在消逝的阿尔卡津娜，可以献给盲目无着的玛霞，不是给你温奇的。

如果可能，她甚至想当玛霞的妈妈，那个疯狂迷恋医生托恩的管家婆，把少女赠予医生的鲜花要过来，夸赞一番狠狠撕碎的女人。

舞台亮了，稀稀落落的观众多半已经坐好，不知道李长城和隋晓梅来没来，不知道唐远来没来，不知道露姨和华叔来没来，黑衣的玛霞等待着出场，说出她的第一句台词：“这是给我的生活戴孝。我倒霉嘛。”

“什么伤心呀不舍呀都是表面现象，

爱的痛苦就在于它带来的耻辱感。”

重获新生

从新来吧，别管是人是车，能再活一次，总归不是坏事。每一个数字都火花四溅，像某年他眼前连绵的大红鞭炮，烧着他的眼睛。

一九七零——

破头村太穷了，不然也不会叫作破头村。

第三个小子出生的时候，王多羊照着媳妇的大腿根子呼了一巴掌：就知道这个大胯能生养！老王家在村上行了！

王多羊家里一只羊都没有，人也活得没劲儿透了。老大和老三都烧个没完，王多羊统共张罗了一碗药端在手上，看看大的，看看小的，最后把凉透的药灌给了老大。老大十岁，能跟着大人下地了。

王多羊拉着娘四个从县里回来的时候，媳妇在车斗里嚎天嚎地，说小三半天没气了。王多羊叫她扔了，别带回村里，就说没救回，死在医院了。路一段一段被车轮吃掉，破头村越来越近，媳妇还是不撒手。王多羊猛地捏闸，脚在土路上挫起一道黄烟，探回身子劈头盖脸把媳妇拍了一顿："死完了再扔，娃要回来讨债的！"

媳妇把小三包裹了又包裹，放在路边，攥了个雪球给他擦了擦，灰突突的小脸擦得又红又白，雪球变成一团灰突突的冰，被当娘的握在手里，化成脏兮兮的水淌了。媳妇跪下，朝孩子咚咚咚磕了仨头，起身扭头就走，偏腿上了三轮前座，旁边撒尿的王多羊一愣，来不及抖搂干净，跑两步爬进车斗。

"你这是要折死他，受亲娘老子的磕，长大了要砍头的。"王多羊欠着身子，从棉裤口袋里往出掏烟。

"他还能长大啊？"媳妇嗷嚎一嗓子，王多羊也不吭气了，只剩下车轴转的声音。王老大刚刚睡了一觉，没精打采地靠着老二，老二眼珠子骨碌碌转着，伸手障了风，帮爹点着了烟。车子拐着麻花出去几十米，后身儿忽然传来小孩的哭声。

媳妇猛地捏闸，脚也在土路上挫起一道黄烟。王多羊被呛得连连咳嗽，他还没来得及骂人，媳妇已经掉转了车头。这回车也不拐麻花了，直直朝着哭声蹿回去，车子没停稳媳妇就跳了下去，王多羊推开小二替他敲背的手，心也跟着提上来。

王小三在地上哭得撕心裂肺，怨天恨地又底气十足，媳妇一手抱着孩子，哭着追打王多羊："我好好的孩子！我这不是好好的孩子！"王多羊也不当真躲，笑哈哈地朝小三喷了一大口烟："小子硬气！"

◆ 一九九零——

王家三个小子谁也没留在破头村，媳妇死的时候是王多羊送的，王多羊死的时候，村里同姓人给送的。村上人说小子多有屌用，跟老绝户一样，连个摔孝盆子的人都没有。

村上人隔了半年又说，王多羊有福啊，小子出息。

王老大在城里卖表卖出了名堂，发了大财。他给村里修了桥，桥不大，但桥上写了"坡头大桥"。破头村不喜气，王老大说，村上以后要好了，名字改改精神。中心小学的老师提议，村口有个池塘，咱村该叫陂头，取陂池水岸的意思。王老大不取什么池塘的意思，倒是从池塘那头的枴棒村娶了个媳妇，叫秧子。

从池塘那头娶媳妇可是争脸的大事，历来只有破头村最俊的姑娘嫁到那头去，没见过回头的人儿。破头村的光棍儿杵得越来越多，脖子越伸越长，拢着袖子站在池塘边看小媳妇洗衣裳看得越来越久。隔着一片水光，光棍儿们看着少年时彼此有意的女子肚子隆起肚子又瘪下，戴上镯子又添上耳环，拉扯出一地崽子，自个儿踱回屋锅冷灶凉。

鞭炮震掉了每家每户瓦片上的灰土，再没有那样大的婚礼了。破头村没有做流水席的厨子，王老大一下从外头请来三个，其中还有省厅招待所的大厨，从来只给领导炒菜的，伺候的人至少是县长。伺候县长的大厨看到王老大把头仰起来，笑眯眯地划燃火柴递到他嘴边，仿佛他一叼上烟就高位截瘫了似的。孩子们兜里塞满了喜糖，得到王老大馈赠的亲旧故交个个撸起一只袖子，露出明晃晃金灿灿的新表，翻来覆去展示那些念不上来的外国字母。

王老二和王老三当然也回来了。老二跑前跑后忙大哥的喜事，把客人劝得美美的，自己却不肯喝一杯，他是大哥的司机和助理，从来多加一分小心的。王老大更想把最小的弟弟带在身边，老三却怎么也不肯。婚礼结束了，他才蓬着头出了屋，眼镜腿断处缠着一圈泛黑的医用胶布，也不知他在天响的鞭炮声里，到底是怎么睡的。

此时宾客大多吃饱拿足，打着足够他们回味几个月的酒嗝各自回家了。老三踩着和喜糖纸和炮仗皮穿过院子，微跛的右脚拖着一地瓜子皮和烟屁股进了堂屋。两位哥哥和新嫂子已经坐在黢黑的老屋里了。新娘子刚拜完公婆的牌位，拍着土站起身。老三打量着秧子，她薄而短的上唇微微一启，露出白整整的牙，还没笑就像笑着似的，浓密的头发被做成夸张的新娘盘头，显得一张小脸更小了，不像嫂子，倒像谁家过家家装扮起来的妹子。

王老三平常就话不多，愣这半天也没人觉得异样。他要考省上的工艺美院，已经考了两年了。王老大为了让他放弃，干脆把路都摆在他眼跟前了：“好好去干个生意，我给钱；考学，学费我一分不出。”

老三抓了半天鸟窝一样的头发：“去年就差两分。”

“又熬夜了？”王老大揉着肚皮，看看小弟挂着松垮垮的旧衫，手指缝里都是炭条印子，不以为然：“看你这黑手黑脚的，大老爷们儿要都写写画画，还要秘书干啥？”

秧子把桌上一个佛头形状的打火机推过去，一摁按钮，佛头依次亮起红黄蓝绿的彩灯，不断变换闪烁，同时响起《致爱丽丝》的尖利乐声，火苗从头顶正中直直地蹿出来。王老大凑上去点燃了烟，把爱丽丝摁停在第一小节："你腿脚那点毛病，根本不叫事，钱能遮眼。"

秧子见老三脸上挂不住，拉了凳子坐在王老大旁边，朝笸箩里抓了一把："上学也好着，有本事是自己的，有本事的人谁不稀罕？老三，吃枣，甜的！"

王老大斜了她一眼，糟红的脸膛油光光的，捉住她的手腕一翻，一把红枣骨碌碌滚在桌子上："你先看看我的本事。"

秧子"呀"了一声："堂屋还没打扫呢，明天一早可就走了。"

"打扫个屁！门都不用关，这种地方也不用回来了！"王老大扛起媳妇回了屋，外面送客的乐声又响起来，是王老二张罗来的军乐队，听说乡里的戏班也还要再热闹几天。

◇

王老三考过了专业，考过了文化，没考过体检，到了也没人能解释明白，为什么脚不利索影响他画画。在家睡了半年之后进城，找了个做美术字的工作，写完刻好，还要爬高上梯地把广告牌挂上，他腿脚本就慢，站在高处更看着险象环生的，底下站着的老板心里别扭，也就少有回头的生意。这天下雨，急工难找，王老三揽下了活儿，字是刻得又快又好，可惜梯子没爬一半，脚一滑就下来了。

两个哥哥这才知道他在城里。老大透过开着的病房门，远远看到王老三悬空的石膏腿，在走廊就骂开了，进门见到弟弟，又哽着嗓子说不上话来。老二紧跟其后，皮带上的钥匙又多了几把。王老三没以为有这么大阵仗，努力欠欠身指着伤腿笑了："没事，是本来就坏的那条。"

老二听说老三要回老家，提议给他盖个房，娶上媳妇过日子。王老大不同意，人哪儿有往回混的，去我那儿上班，在公司里找一个。老二眼里闪过短暂的惊讶，随即表示赞同。老三没同意，王老大很生气，又没考上，哪儿来的这狂焰呢。

他掏出钱包，亮出里头的一张照片："这个怎么样？"王老三看到一个长鬈发的姑娘，蚕豆大的珍珠垂在齐胸的礼服前面，正把一朵绢花举在鼻尖闻着，翘着的指头上涂着桃红的指甲油，在朦胧的柔光效果里耸着光洁的膀子，圆脸上嘟着肉乎乎的小嘴。王老三觉得脸上有些热，正要扔下钱包，怀孕的秧子喘吁吁地跟进来。

王老大抽出自己的身份证，连钱包带里头的东西都塞进老三枕头底下：拿着养病。

王老三看着秧子的肚子，“我要当叔了。”

◇

王老三没回老家，在复印社找了个刻章的工作，不久后老板承包了印刷厂，把店盘给他了。老二又买了几辆车，说是在大哥手下，其实已经是一家运输公司的老板了。秧子早产的那天，老二的车队全出了工，王老大找不到车，老三骑着三轮把秧子送去了医院。王老三浑身都湿透了，王老大亲了亲儿子的小鸡鸡，对老三说，上次你在三轮车上捡了条命，这次你侄捡了条命。咱老王家欠了三轮车的大情啦，孩子就叫王三轮吧！秧子黑着脸说我差点死了，孩子叫什么得听我的。老大这次竟没吭声，陪着护士把孩子送去护理房。

老三正要走，秧子开口了，“我是气的。”秧子薄薄的嘴唇抿起来，“我看到他和秘书了，在办公室里。不然不会早产。”王老三不知道说什么好，掏出钱夹子里一张照片，“这个？”秧子一惊，再看看钱包，便明白了，点点头，见老三捏着拳头要出门，连忙叫住。

“可不兴去找人家麻烦！这事要怨只能怨你哥，可我也不怨你哥。”秧子看着外面的城市，“我就想住城里，想住楼，你哥带我来了，就挺好。”

“这个你拿着出出气吧。”王老三把攥成一团的艺术照递给秧子，秧子笑了。王老大回来，问她笑什么，秧子说儿子名字想好了，叫王楼。

王老大邀请了老三几次，老三都不肯跟着他干，认定了是瞧他不起，言语里就多了刻薄。可也怪了，王楼打小就爱跟老三在一块儿，喜欢拿着萝卜、土豆、橡皮让三叔刻东刻西，有时候是孙悟空的圆头，有时候是变形金刚的方脸，刻完了印得满墙都是，临走还不忘拿回去，要给妈妈看看。可是电脑越来越厉害，还不用吃饭，王老三的手艺被比下去了。他的店地段不好，大生意没有，无非是印点电线杆子上的广告，考试作弊用的缩印小抄，大部分时刻都很冷清。

跟王老大做差不多买卖的朋友都改行了，王老大不，“有事我能不知道？”王老大知道的时候，店铺已经空了，仓库贴了封条，加上要交的罚款，王老大只剩了一栋房子和一笔贷款。

王老二一脸茫然地接待了调查人员，运输公司的单单据据都像公务范本一样干净，每一笔账都严丝合缝，对大哥陷入的麻烦显示出的关怀和痛惜也让调查人员都感动不已。

还没过惯苦日子的王楼一下病倒了。见秧子领着儿子上门，王老二抱着小女儿，手一使劲儿，孩子就哭起来，老婆怀里的大女儿听见妹妹哭也不甘示弱。王老二摸黑开门招呼嫂子坐下，絮叨着自从给第二个女儿交了罚款，家里连电都停了。老二的老婆机警地站在他身后，唯恐他说错了什么来不及改口。秧子什么也没提，给他们留了一百块钱电费，拉着王楼走了。

王老大关了几天之后出来了，竟是出人意料地意气风发，说老天爷给了他再起一把的机会。他提议把房子卖了，堵上账的余钱当本。秧子第一次把他抓了满脸花，“钱我挣，敢卖房明天你儿子就跟别人姓。”思前想后，秧子收拾了几个萝卜头，又往老三店里去了。老大不让上老三的门，猛地去了，总得有个由头。

大白天的，老三正在灯底下刻着几个带五星的圆章，手遮遮掩掩的。旁边桌上信封里装了一摞钱，见秧子来了淡淡地一指，“正要送去的，我也用不上。萝卜头放下，我刻好了让王楼来拿。”

◆ 二零一零——

和其他年过四十的单身汉不同，王老三过得越来越健康了。在王老大喝酒打牌，反复体验改邪归正和故技重施的这些年，他像是一根忠实的椽条，支撑着每一次大厦将倾。秧子白天守在卖针织品的小门店里，晚上再收拾了货去夜市摆摊，清早再起来，跪着擦遍地板的角角落落。好在王楼大了，能接他妈的时候就绝不让她一个人回来，能找到他爸的时候也一定会从牌桌上把他揪回店里。他跟三叔说爸爸的牌技很差，去棋牌室“就是为了让人给他点根烟。”有时候老三边听边忙，一乱套把钥匙锁进抽屉，或者乱停在外面的电瓶车被别人锁住了，王楼就显本事了，也不见他拿了什么工具，三下两下总能给他打开。王老三半真半假地呵斥他不学好，王楼笑嘻嘻地说这也是侦查手段，不会这些，怎么能镇住犯罪分子呢！王老三给他泡一大缸子茶，干着活儿听他讲天讲地，这一天就会过得特别快。

王老三也知道，这样的日子就快告一段落了。王老大托了难得还有联系的老伙计，让秧子拿出这些年仅有的三十万积蓄，给儿子办去了一个警校，夏天结束后就去上学。这等关系让对他们避之不及的王老二都拎了箱牛奶上门，打探这门路能否对他这亲弟弟也一样有效。

“你爸还是疼你的。”王老三用电脑越发上手了，经常快得连年轻的王楼都觉得目不暇接。“就是不疼我妈。我妈从早干到晚，他到下午才背着手去店里转一圈。”王老三停了键盘，“你成人了，你妈就轻省了。”

可是秧子忽然发现王老大勤快了。老大说秧子在夜市摆摊太累，让她下午再去店里，上午由他值班。说完还久违地摸了摸她硬刺刺的鬓发。秧子见他果真天天早起，也就信以为真。店里大清早也没多少生意，秧子中午带着饭去替他，见他困顿，暗暗心疼他，也暗暗心疼自己终于被心疼了。如果不是有客户来问为什么他们店早上不开门了，秧子还不知道要蒙在鼓里多长时间。

第二天早上五点，王老大又兴兴头头起床了。秧子装作没睡醒问他几点，老大说快七点了，让她继续睡。秧子等他走了，平静地磨了豆浆，把自己烙好的油饼从冰箱拿出来热了，坐在沙发上一口一口地吃饱喝足，准备去揭开一个谜底。和她预料的一样，店铺的门紧关着，卷帘门上作为广告的几只彩色短袜起劲地舞动，她慢慢踱步回去。中午老大粗声大嗓地打了电话来，问她为什么没送饭害他饿着。秧子等他吼完，淡淡地说，睡过头了。

王老三一直等着老大再次懒散下去，好像那样倒能使他放心。他等来的是秧子病倒的消息，王老三什么都没问，定上了闹钟。

王老三从老大家跟到城郊菜场，又从菜场跟到一间饭馆，簇新的招牌上写着“家味道饭馆”。看王老大像主人一样忙碌着，勇武地卸货搬运，扛着蔬菜来去如风。一瞬间王老三都恍惚以为大哥又成了当年那个率先闯荡出村的大好青年，那个什么都不怕，混好了就不能往回走的王老大，这饭馆肯定是他为家庭秘密谋划的产业和惊喜，所有人都应当因对他的怀疑而羞愧。

这时饭馆里出来一个女人，张着一条毛巾，上前兜住了王老大汗滴滴的头给他擦拭。王老大蒙着毛巾弯腰朝女人怀里拱去，在她胸前周旋来去，呜呜有声。女人笑着，一边推他一边朝屋里退去。王老三的血也像退潮似的，身子一下空了。他一瘸一拐地在地上寻找合适的武器，准备先砸了他的车让他跑不了，把他堵在门里揍他一顿，先打肚子，等他蹲下，再狠狠地往下踹，最好让他嘴啃泥，吐出两颗血呼淋拉的门牙。他看到王老大的面包车后视镜上，挂着秧子求来的平安扣，他停下来，明白自己是下不了手的。

◇

王楼快开学了，秧子病后初愈，在他临走最后一个周末摆了家宴。一块儿来的还有给王楼办成这件事的镇城哥。一听他在，本来说没空的老二忽然腾出了时间。三兄弟好久没一起吃过饭了，家里忽然坐了一屋子人略显拥挤，王老大埋怨秧子小气，“饭馆吃多好，省事宽敞，有人伺候。”王老三坐得远远地说：“饭馆当然好。”

秧子忙得起劲，不断赶走来帮忙的儿子，老二的女儿边吃边掉，秧子也难得不心疼地板了。王老大很快醉了，饭局还没散，镇城哥跟王老二称兄道弟，好像比跟老大还亲热了。秧子支使王楼再去老大的车上搬一箱酒来，王老三说喝得热了，陪着王楼去了。

王老三看看车前排的里程，随口说：“你爸最近出远门了？上次他说要抵出去，我跟买家说的是21万公里。这阵儿可多了不少啊。”王楼疑惑地搜过去。王老三搬了酒关上车门，“车里怎么还有这么多菜叶子啊？”

王老三搬着箱子慢慢朝楼上挪去，王楼没说要帮他，甚至没有跟上来，车里的灯还亮着。老三脚步沉重，心里却一阵轻盈。这孩子聪明，肯定能查出不对。相比他，王楼肯定更适合去维护秧子。

◇

“王楼上不成学了。”秧子冲进来，手几乎把电脑屏幕扳下来，

“他把饭馆砸了。”王老三心里一慌，“老大没事吧？”

“他有啥事！”

饭馆那女的，连同她弟弟，都被捅进医院，正准备告王楼。

王老大塌了，老成了一团。此次王老二作为镇城哥的中人出现在王老大家，说着平了这件事大概的花费。“先捞人，消了记录，上学得缓缓。”王老二负责向王老大解释了操作流程。

秧子说之前的三十万已经是她全部的家当，王老二瞪大了眼睛，说镇城哥说办事是收了十二万。秧子直勾勾看着王老大，眼泪分崩离析地落下来。薄的唇因为瘦削更薄了，两道法令纹以几乎竖直的角度垂下来，一言不发。

王老大用抵押房子的钱赔给了姐弟俩，半死不活地卖袜子去了。王楼出来后不知道去了哪儿，再没回家。秧子惶惶地担着心，一会儿怕是银行收房子来了，一会儿又怕错过了王楼敲门的声响。

王老三一夜夜地醒着，如果他下了手，王楼已经穿上了制服住进宿舍，成了好好的一个大学生。他把秧子的日子变成了噩梦，自己怎么还能睡得着。某天夜里他撑不住了，昏昏沉沉中回到那天，他又举起了棍子，向着面包车砸去，仪表盘碎了，平安扣从镜子上掉下来了，大哥被他追打了一路终于倒在地上……王老三起伏的胸口被一只手钉在床上，他一惊醒来，黑暗里是他熟悉的声音，“三叔，你得帮我。”

这是王老三第一次见到这么多张行车证，车都不是什么好车，只是多。王老三什么都没问，他知道，过不了多久，秧子就能踏踏实实住在自己的房子里了。

打印店照旧开着。王楼半夜从后院开进一辆车，王老三把旧车摸一个遍，把该打磨的痕迹打磨掉，用电焊给它们一个不同的出身。从新来吧，别管是人是车，能再活一次，总归不是坏事。每一个数字都火花四溅，像某年他眼前连绵的大红鞭炮，烧着他的眼睛。王楼一早开着有新发动机号的车离开后，王老三再在店里睡下。以前村里男人娶媳妇，都要一砖一瓦盖房子，现在做的事，让他隐约感受到那种期待和快乐。风扇不疾不徐地摆着头，一遍遍环视无人的店铺，暑假的末尾，光阴像无人使用的墨盒静静干涸。

这天王老三睡得很沉，沉到没意识到天已经黑了很久，他摸了床头的手机看看时间，想着该给王楼开后院门了，起身一看，屋里已经坐了一个人。王楼哆嗦着转过头告诉老三，买主想黑吃黑，他失手把对方杀了。

王老三一声不吭地坐着，听王楼反反复复说着。腿脚不好太吃亏了，出事的地方比破头村还远一点，不知道能不能在天亮前赶过去，老三一头想着，把该留的留了，该毁的毁了，临走给王楼说，“在这儿住着。就说一直在这儿住着的，别怕，啥话多说几遍，自己就信了。记住了，我干的啥你不知道。”

◇

王老三已经忘了多少年没回过破头村了。每次他和娘从外头回村子，她就要给他讲那段捡回命的故事，“你已经多活了十二年了。”“你已经多活了十七年了。”算起来，现在已经多活了四十一年了，可真是好买卖啊。

他来不及回老堂屋了，封了这些年，掉的灰足够把带进去的瓜子皮糖纸都盖掉了。秧子扔下的那把枣，要是种成活了，这会该把屋顶都掀了。王老三想着想着就笑了。月亮动不动就躲到云彩后头，地上暗一阵明一阵，王老三找到死人的时候，腿也快拖不动了。

王老三坐下来，掏出电话，又放了回去。等到天亮吧，大半夜的，警笛一响，都不安生。他躺到死人边上，第一缕秋风同时拂过两人的脸。王老三好像回到了襁褓之中，被娘包得紧紧实实，被最白净的雪团子擦干净了脸，也是这样望着头顶这方天。

王老三叹口气，闭上眼，心想那辆车他知道，出过大事故的，不值几个钱，当时要是说这辆不卖了，该多好。命哪儿由人呢。

“这个地球上最稀少的、懂得用心纯净生活的一群人，

为你讲述心底的秘密与欢喜。”

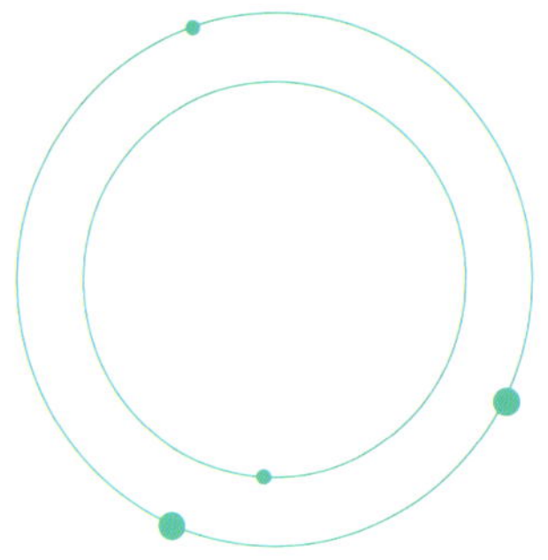

上架建议：小说 · 故事集

ISBN 978-7-5502-8454-8

定价：38.00元